Tucholsky   Wagner   Zola   Scott
   Turgenev   Wallace   Fonatne Sydow   Freud   Schlegel

      Twain   Walther von der Vogelweide   Fouqué   Friedrich II. von Preußen
           Weber   Freiligrath   Frey

Fechner   Weiße Rose   von Fallersleben   Kant   Ernst
      Fichte   Richthofen   Frommel

         Engels   Fielding   Hölderlin
   Fehrs   Faber   Flaubert   Eichendorff   Tacitus   Dumas

         Maximilian I. von Habsburg   Fock   Eliasberg   Ebner Eschenbach
   Feuerbach   Eliot   Zweig
                          Ewald   Vergil
      Goethe   Elisabeth von Österreich   London
Mendelssohn   Balzac   Shakespeare
                  Lichtenberg   Rathenau   Dostojewski   Ganghofer
   Trackl   Stevenson   Doyle   Gjellerup
Mommsen   Tolstoi   Hambruch
       Thoma   Lenz   Hanrieder   Droste-Hülshoff
Dach   Verne   von Arnim   Hägele   Hauff   Humboldt
      Reuter   Gautier
   Karrillon   Garschin   Rousseau   Hagen   Hauptmann
      Damaschke   Defoe   Hebbel   Baudelaire
                   Descartes   Hegel   Kussmaul   Herder
Wolfram von Eschenbach   Schopenhauer   Rilke   George
         Darwin   Dickens   Grimm Jerome   Bebel   Proust
   Bronner   Melville   Bebel   Proust
      Campe   Horváth   Aristoteles
Bismarck   Vigny   Barlach   Voltaire   Federer   Herodot
                 Gengenbach   Heine
   Storm   Casanova   Tersteegen   Gilm   Grillparzer   Georgy
         Chamberlain   Lessing   Langbein   Gryphius
Brentano   Lafontaine
   Strachwitz   Claudius   Schiller   Kralik   Iffland   Sokrates
      Katharina II. von Rußland   Bellamy   Schilling
                          Gerstäcker   Raabe   Gibbon   Tschechow
Löns   Hesse   Hoffmann   Gogol   Wilde   Vulpius
Luther   Heym   Hofmannsthal   Gleim
      Roth   Heyse   Klopstock   Klee Hölty   Morgenstern   Goedicke
Luxemburg   Puschkin   Homer   Kleist
         La Roche   Horaz   Mörike   Musil
   Machiavelli   Kierkegaard   Kraft   Kraus
Navarra Aurel   Musset   Moltke
Nestroy Marie de France   Lamprecht Kind Kirchhoff   Hugo
                              Laotse   Ipsen   Liebknecht
   Nietzsche   Nansen   Ringelnatz
         Marx   Lassalle   Gorki   Klett
   von Ossietzky   Gorki   Klett   Leibniz
         May   vom Stein   Lawrence   Irving
Petalozzi   Knigge
      Platon   Pückler   Kafka
   Sachs   Poe   Michelangelo   Kock
      de Sade Praetorius   Mistral   Zetkin   Korolenko
                                        Liebermann

Venus, die Feindin

Bruno Ertler

Impressum

Autor: Bruno Ertler
Umschlagkonzept: toepferschumann, Berlin

Verlag: tredition GmbH, Hamburg
ISBN: 978-3-8424-0438-0
Printed in Germany

Bruno Ertler

Venus, die Feindin

Venus, die Feindin

Novelle

von

Bruno Ertler

1921
Wiener Literarische Anstalt
Gesellschaft m. b. H.
Wien   Berlin

Allem Fremden in Dir, Entschwundene,
gehört dieses Buch von Kampf und Not.
Als ich es schreiben konnte
– im Frühling und Sommer 1917 –
durfte ich aus klarem Fühlen sagen:
Habe Dank.

Der Eilzug kam von Norden.

Aus der weiten Ebene kam er, aus dem Sumpfland vom kalten Meer herunter, aus der Seeprovinz mit der weitläufigen, zerteilten Hauptstadt, die von vielen Armen und Kanälen der großen und kleinen Newa, der Karpowka und Fontanka in mehr als ein halbes Dutzend Inseln und Inselchen zersägt wird. Der Eilzug stampfte und heulte durch die Nacht, feindselig und gewaltsam. Wie das böse Geschick war er, und seine Räder schlugen auf den Schienen unentwegt den gleichen Takt: Du entkommst nicht! Du entkommst nicht! Den reiße ich weg, den bringe ich, den dritten zermalme ich. Ich bin das Geschick und frage nicht. An Dörfern und Städten vorbei geht mein Weg; tausend und tausend Menschen träumen darin, keiner von ihnen weiß, ob mein Lauf nicht die Fäden kreuzt, verwirrt und zerreißt, die von irgendwo nach seinem Herzen gehen. Morgen schon kann es sein, morgen schon. Du entkommst nicht. – – –

*

Peter Iwanowitsch Karugin saß noch immer unbeweglich in den Polster gedrückt. Ein einziges Mal, als sich keiner der Reisenden dort aufhielt, war er in den Speisewagen gegangen und hatte schnell ein Glas Selters getrunken, weil ihm Hals und Zunge bitter und trocken waren. Nun saß er wieder in seiner dunklen Ecke im leeren Halbabteil, genau so, wie ihn Iwan Michailowitsch in aller Hast gerade noch in der letzten Sekunde förmlich hineingeworfen hatte; der grüne Schirm war vor die Lampe gezogen; auch das hatte Iwan Michailowitsch noch besorgt, obgleich es ja damals noch heller Tag gewesen war. Peter Karugin erinnerte sich auch, daß der Freund ihm geraten hatte, nun fest zu schlafen; es sei alles in bester Ordnung abgegangen; ob ihn die Wunde am Arm noch schmerze, hatte er ihn leise gefragt, und dann, als der Zug schon rollte, noch laut vom Bahnsteig herein »Glückliche Reise!« gerufen.

Peter Iwanowitsch tastete leise mit der rechten Hand nach seinem linken Oberarm. Ja – ja, da war es. Also träumte er nicht; es schmerzte ja. Auch hatte er einen fremden Rock an. Richtig: als der Wagen über die Fontanka-Brücke jagte, hatte Iwan Michailowitsch plötzlich bemerkt, daß Peters linker Ärmel zerfetzt war. Schnell hatte er den Rock heruntergerissen, den blutgetränkten Hemdärmel hinaufgestreift und den Riß, der zum Glück nicht tief ging, verpflastert und verbunden. Kaum war er damit zu Ende, als der Wagen schon am Bahnhofe vorfuhr. Iwan konnte gerade noch Peters Rock anziehen und diesem den seinen aufdrängen, den halbtoten Freund auf den Bahnsteig schleppen und ins Wagenabteil stoßen, Mantel und Handkoffer nachwerfen, als der Zug auch schon abfuhr.

Es mußte ein Splitter gewesen sein, der von der Bombe zurücksprang und seinen Arm traf. Hatte es sonst noch getroffen? Und wen? Peter Iwanowitsch entsann sich nicht, überhaupt die Bombe geworfen zu haben. Sie mußte wenige Schritte vor ihm auf das Pflaster gefallen sein. Gegenüber stand ein Polizeimann; er machte gerade »Rechts schaut!« und salutierte vor dem Wagen. Dann hatte Peter nur noch rote Blitze und grauen Rauch gesehen und war plötzlich von hinten gepackt und in einen Wagen gedrängt worden, der im selben Augenblick davonjagte; er konnte nur noch sehen, daß auf dem Kutschbock der widerliche Kerl mit den kupferroten Bartstoppeln und den verquollenen Säuferaugen saß, der tags zuvor in der elenden Schnapskneipe in der Altstadt vom Tisch herab wieder einmal seine Rede über die Menschenrechte gehalten hatte, bis er schwer betrunken mit dem Gesicht mitten in die Flaschen und Gläser gefallen war, so daß Blut und Branntwein seinen roten Bart verklebten. – Peter glaubte das auch jetzt noch zu sehen. –

Ihm gegenüber im Wagenkasten war Iwan Michailowitsch gesessen, freudig erregt, mit sonderbar flackernden Augen; er streichelte Peters Haar und redete ihm tröstend zu, wie man etwa ein Kind begütigt, das sich einen Zahn hat ziehen lassen.

»Nun siehst du, jetzt ist es vorbei, – – jetzt ist es geschehen, – – lache doch, mein Petruscha. Alles ist gut gegangen, – – alles wird gut gehen. Oh, du Guter! Du Held! Du Heiland – –.«

Er weinte wirklich Freudentränen, küßte Peters rechte Hand und streichelte ihn ohne Unterlaß.

»Leon Martynow ist verständigt. Er wird dich erwarten. Erinnerst du dich an ihn? Ihr habt euch kaum zweimal gesehen. Deshalb habe ich dich genau beschrieben; du siehst aus, wie Johannes der Täufer auf dem Bild von Iwan Warinski, das er im Vorjahr ausstellte. Haha – – nicht wahr? genau so siehst du aus, mein Petruscha – –.«

Da hatte Peter Iwanowitsch zum ersten Mal während dieser wilden Fahrt gesprochen.

»Hast du Lisaweta gesehen?« fragte er den Freund.

»Wo denkst du hin, Petruscha? Ich hatte genug, auf dich achtzugeben; übrigens stand sie doch neben dir, – vorher. Und nachher habe ich mich nicht mehr umgesehen; wo wären wir sonst? Was hast du da?«

Da hatte er den Riß im Ärmel bemerkt. Das war auf der Fontanka-Brücke gewesen. Peter selbst hatte bis dahin von seiner Verwundung nichts wahrgenommen. –

*

Und nun fuhr er durch die Nacht in unsinniger, fliehender Hast, ohne Verstehen und Wollen, ohne zu wissen, wie lange schon, wie lange noch. Der Eilzug stampfte, die Gedanken des Einsamen verballten sich, zerflatterten, zogen wirre Kreise. Bilder tauchten auf und verschwanden, irgend eine nebensächliche Szene, ein Wort, eine Melodie krallte sich in seinem Hirn fest und war nicht wegzutreiben, vereinte sich mit dem furchtbaren Gleichmaß im Stampfen und Rollen des Zuges und höhnte und quälte den müden Mann, daß er stöhnte vor Schmerz. Er suchte sich dagegen zu wehren, schüttelte den Kopf, setzte sich anders, stieß mit dem wunden Arm gegen die harte Polsterung und suchte gierig draußen in der Nacht einen Anhaltspunkt für seine Augen, nur um seine Nerven irgendwie zu reizen, seine Aufmerksamkeit auf etwas zu spannen. Aber es war nichts als schwarze Finsternis über der öden Ebene, kaum hie und da das Licht einer kleinen Station, daran der Zug heulend vorübersauste, kein Stern am Himmel, nicht Farbe, noch Klang auf der Erde. Nur der marternde Rhythmus der Maschine, nur die keuchende Flucht des ganzen Zuges, nur das Drehen und Eilen der Gedanken und Bilder im zuckenden Hirn eines Menschen, darin alles immer und immer wieder in eine Vorstellung mündete: Unter die Räder springen, – – ein Ende machen, – – untergehen –. Aber bedurfte es noch dieses Entschlusses, dieser Tat? Wozu eigentlich? Zu Ende war es ja ohnehin, ein Ende war ja doch diese sinnlose, ungewollte Fahrt, diese Flucht aus der Heimat.

Er lehnte sich zurück und seine weitoffenen Augen sogen sich fest am mattgrünen Licht der Wagenlampe.

Heimat? Wo war seine Heimat? Die Stadt im Wasser der Newa war es nicht. –

Ein freundliches Bild hob sich aus dem matten Licht, – – Berge, Berge voll Schnee im blauen, leuchtenden Himmel, ––– Quelle und Wald und Einsamkeit, Kinderlieder im Dorf, Mutterliebe im Haus, Gottesgröße überall. Wenn die Sonne hinter die Zacken des Elbrus ging und der Himmel rot und offen war, da tat sich auch sein Herz auf, und die Liebe des Ewigen strömte heiß und erweckend hinein. So war das Wunder, und er verstand, daß Gott nur im Flammen der Höhen wohnt, wie im lodernden Dornbusch des Horeb und im Feuer von Sinai.

Und er hörte die Worte wieder, die er damals nicht verstanden hatte, als ihm die Welt an den Hängen des heiligen Elbrus zu klein wurde, als ihn das übervolle Herz hinaustrieb in die lockende Weite.

»Geh nicht von hier ins tiefe Land, es ist nicht gut. Die Menschen dort sind zu weit von Gott. In den engen Gassen ihrer Städte spüren sie nichts von seinem Hauch. Aber der Feind geht durch ihre Mitte. Geh nicht ins tiefe Land!«

Der vergeblich so gesprochen hatte, war gestorben, gestorben wie alles. – –

Peter Iwanowitsch Karugin schaute in das düstere Wagenlicht, der Eilzug stampfte, die Gedanken des Einsamen gingen weit quellaufwärts in seinem Leben.–

Er war nicht in den heiligen Bergen geblieben, er war ins Tiefland gegangen, nach Norden, in die Inselstadt am kalten Meer. Reich wie ein Gott, mit einem Herzen voll starker Liebe. Wer Liebe hat, der hat die Kraft zum Höchsten, so sagte er sich; vielleicht brauchen sie davon dort in den Städten, wo sie sonst alles haben. Er war bereit, zu geben ohne Frage, ob er empfangen werde, denn er meinte, schon überreich empfangen zu haben von allem Glück aus Gottes reiner Hand. Er konnte nur noch reicher werden, indem er hingab, was er hatte.

Es war eine tiefenreiche Zeit gewesen, als er segnend ging, des Gottes voll, vorbei an den Palästen der Reichen, die er nicht beneidete, zu den Stätten der Armut und Not, zu den Wartenden, Entbehrenden, die doch eines hatten, was den Satten fehlte: Das Verlangen, das Suchen und den Glauben an das Finden.

Wenn er in die engen, sonnenlosen Gassen kam, wo die uralten Häuser standen und noch Holzbrücken über die schmutzigen, übelriechenden Kanäle führten, da wurde es hell in allen Augen, die ihn grüßten, und bald kannten ihn alle, die da in niederen, dumpfen Stuben ihr mühevolles Handwerk trieben. Zuerst liefen ihm die Kinder zu, denen er Märchen erzählte und hin und wieder kleines Spielzeug schnitzte, dann kamen die Frauen und sahen ihn verwundert an, weil er fremd und schön war und eine sanfte, klare Stimme hatte. Schließlich ließ wohl der Schreiner einmal den Hobel ruhen oder ein Schuster trat vor die Werkstatt, um den fremden Mann zu sehen und zu hören, von dem da immer die Rede ging. Es war zuerst Mißtrauen, was sich in den Männern regte, aber es kam nicht hoch, und ehe sie sich dessen versahen, hörten sie voll Andacht hin und konnten die Blicke nicht von dem Fremden wenden, der wie ein Heiliger war und etwas in ihren müden, stumpfen Herzen weckte, ein Kinderlied, einen Jugendtag, – – etwas Fernes, Vergessenes – was mochte es wohl sein? –

Da kam es von selbst, daß einer zu ihm sagte:

»Komm zu mir und iß von meinem Brot.«

Bald in dieser, bald in jener Stube saßen sie dann an den Feierabenden, und alle sahen auf seinen Mund und warteten auf sein Wort.

Und Peter Iwanowitsch Karugin, der Sohn der fernen, südlichen Berge, sagte sich in solchen Stunden, daß die Gemeinde zu jeder Zeit da ist und des Propheten harrt. Und er betete heiß zu seinem Gott, daß er ihm die Kraft gebe, Liebe in ihre Herzen zu gießen, die Liebe, die er empfangen hatte aus glühenden Wolken und strahlenden Firnen, aus dem Quellenrauschen und Waldeswehen seiner georgischen Heimat und aus dem lebendigen Herzen seiner Mutter.

Nie, wenn er in die Mitte der Wartenden trat, wußte er, was er ihnen heute sagen würde; wenn aber hundert dürftige Blicke an ihm hingen, da wuchs seine Kraft ins Ungemessene, da formte sein Mund Worte und Sätze von seltsamer Wucht und Farbe, ein Gestalten und Schaffen brannte in ihm, das seine Wangen glühen machte, seine Glieder beben ließ und blankes Feuer in seine Augen trieb.

Jedes einzelnen Zuhörers Seele fühlte er in sich, um jeden rang er und überwand allen stummen Zweifel, weil Gott ihn gesegnet hatte mit der Gabe der Leidenschaft, die alle Kräfte seiner Jugend in einem Punkt vereinte und durch ihr Leben und Glühen jeden Widerstand brach.

Märchen und Sagen wechselten mit kleinen Erzählungen, die er lebendig erfand und glücklich dem Empfinden und Verstehen seiner Freunde anpaßte; bald aber verdrängte alles das heilige, ewige Buch, das vom Erdenleben eines Gottes berichtet, und wieder fiel die tiefe Macht der Gleichnisse vom verlorenen Sohn, vom reichen Manne und dem armen Lazarus, vom Pharisäer und vom Zöllner in hundert bange Herzen, wieder fühlten Menschen in harter Erdennot, daß Freiheit nur im Geiste ist.

Und sie riefen nach ihm in den Stunden ihrer großen und kleinen Leiden und teilten die Freude mit ihm, wenn sie einmal kam.

Der Metalldreher Sergej Fedorowitsch Panin fiel ihm ein, der ihn am meisten liebte, weil Peter ihn vom Teufel des Schnapses befreit hatte.

»Wie soll ich es machen?« hatte er traurig gefragt. »Ich liebe mein Weib und ich liebe den Schnaps, – – aber die beiden sind Feinde. Es ist schwer, Väterchen. Wie soll ich es machen?«

»Wieviel trinkst du im Tag?« fragte Peter Iwanowitsch.

»Ach ja, es sind wohl zwanzig Pinten, – – leider.«

»Weißt du die schmale Landzunge, die drüben von der Wassiljewski-Insel ins Meer hinausragt?«

»Ich kenne sie. Was ist dort?«

»Merke gut auf, mein Sergej,« sagte Peter, »dorthin gehst du morgen vor der Sonne, nimmst eine Pinte Schnaps mit dir und gießt sie über den letzten Stein im Augenblick, da die Sonne sich hebt. Dann wäschst du die Hände im Meer und betest: Sonne, mache mich rein!«

»Ich will es tun, Väterchen –«, sagte Sergej Panin langsam und scheu.

Am andern Tage fragte ihn Peter:

»Nun, warst du dort?«

»Ja, Väterchen. – Ich habe nicht gewußt, daß Sonne und Meer so rein sein können – –.«

»Am Morgen ist die Kraft Gottes in ihnen,« sagte Peter ernst, »morgen gießest du zwei Pinten über den Stein.«

Und Sergej Panin befolgte treu das Gebot. Bei Tagesgrauen schlich er aus den dumpfen, verschlafenen Gassen und Winkeln der Altstadt, wanderte den Kai entlang, vorbei an Häusern und Palästen mit blinden, verschlossenen Fenstern, ging über die erste Newa-Brücke auf die Wassiljewski-Insel hinüber und lief immer schneller durch die letzten Gassen, voll Angst, die Sonne könnte ihm zuvorkommen, ehe er zur Stelle wäre. Befreit atmete er stets auf, wenn er die Häuser der Stadt hinter sich hatte und über die Fläche dem Meer entgegeneilte. Hatte er dann sein Sühnopfer ausgegossen und in den ersten Sonnenstrahlen die Hände ins kalte, reine Wasser getaucht, so stieg sein Gebet aus einem kindergläubigen Herzen zur Sonne empor, und auf seinem Heimweg durch die Stadt, die in den silbernen Armen der Newa erwachte, war so viel Freude und Glück, daß er stets singend und froh in seine Werkstätte kam und schon an den Schraubstock trat, während tausend andere eben erst aus ihren Betten krochen, mürrisch darüber, daß wieder ein Tag begann. –

»Hast du schon einmal unter den Stein geschaut?« fragte Peter Iwanowitsch seinen Schüler am zehnten Tage, als Sergej Panin schon zehn Pinten opferte und kaum noch fünf im Tage trank. Er sah auch schon frischer aus, lachte und sang bei seiner Arbeit, so daß man eigentlich jetzt erst merkte, wie jung er noch war.

Tags darauf hielt Sergej seinem Meister einen Silberrubel entgegen.

»Das hättest du nicht tun müssen, Väterchen«, sagte er beschämt.

Peter Iwanowitsch lächelte.

»Hast nicht du selbst ihn erspart?« sagte er. »Komm, wir wollen deiner Frau ein neues Kopftuch dafür kaufen.«

Als zwanzig Tage vorüber waren, schleppte Sergej Panin in aller Morgenfrühe eine ansehnliche Kufe Schnaps nach der Wassiljewski-Insel hinüber, goß sie über den Stein, kniete nieder, wusch Hände und Gesicht im Meer, darin die ersten Sonnenstrahlen blitzten, und betete:

»Sonne, Sonne, mach' mich rein!«

Als er sich gegen die erwachende Stadt wandte, stand Peter I-wanowitsch Karugin vor ihm.

»Christ ist erstanden, Sergej Fedorowitsch!«

»Wahrlich, er ist es, Väterchen!«

Sie umarmten einander; dann fragte Peter:

»Wieviel haben wir heute?«

»Zwanzig Pinten.«

»Und wieviel getrunken?«

»Seit drei Tagen nicht eine.«

»Komm, wir wollen den Teufel ertränken«, sagte Peter. »Komm, pack an!«

Da hoben sie mit vereinten Kräften den Stein, schwangen ihn hin und her und warfen ihn mit aller Wucht ins glitzernde, seichte Uferwasser, daß es hoch aufspritzte. Wie das Wasser ruhig wurde, sah man den runden Klotz unter dem glatten Spiegel liegen. Sergej Panin schaute lange hin und sagte kein Wort. Plötzlich liefen ihm die hellen Tränen aus den blauen Augen, er fiel auf die Knie und küßte voll Inbrunst Peters Hände. –

Langsam gingen sie gegen die Stadt zurück, über deren Dächer die Sonnenstrahlen sprangen, von deren Türmen die ersten Glocken summten, denn es war Ostermorgen. Feierlich und still lagen die Gärten, still gingen die beiden jungen Männer nebeneinander her, der feine, dunkle, schmalköpfige, schlanke Georgier und der breite, bodenfeste Russe, blond, blauäugig und rosig, wie ein gesundes Kind.

In den Straßen waren schon viele Menschen; feiertäglich froh und befreit sahen sie aus, gingen in die Kirche oder ins Freie, und von allen Seiten kam der frohe Ostergruß: »Christ ist erstanden!« und die Antwort: »Wahrhaftig, er ist es!«

Peter erzählte seinem aufhorchenden Freunde von Christus und seinen zwölf Jüngern, die mit ihm waren, wo er ging und lehrte und Wunder tat. Johannes aber war der Liebling des Herrn, denn er war jung und die Liebe brannte in seiner Brust, darinnen nichts war, als des Meisters Bild. – Thomas, krank an der Weisheit der Erde, wollte nur glauben, was er verstand und mit Händen greifen konnte. Wer aber braucht zu verstehen, wenn er die Liebe hat? Wirkt sie nicht mehr, als alles Wissen der Welt? – Petrus, der Alte, litt an seinem Meister, denn er fühlte es wohl, daß er ihn nicht erfassen könne in seinem einfachen, hartgängigen Hirn. Weil er aber ein reines Gotteskind war, fand er die Gnade des Glaubens und der Stärke nach schmerzheißen Tränen der Reue. –

»Und Judas, der den Herrn verriet – –?« fragte Sergej Fedorowitsch.

»Judas liebte den Meister, er liebte ihn heiß und eifersüchtig und voll Stolz, aber nicht der Herr allein war im leidenschaftlichen Herzen dieses ruhelosen Mannes. Judas, der aus Cheriot war, sah mit brennendem Weh die Knechtschaft seines Volkes und dachte mit zorniger Ungeduld an dessen verlorene Herrlichkeit. Er krönte den Herrn mit der Krone Davids und gab ihm Joshuas Schwert in die Hand, daß er die fremden Herrscher erschlage. Voll Unrast, den glühenden Tag der Freiheit zu sehen, stieß er den Herrn vor die Feinde, damit das Zaudern ein Ende habe. Da aber fiel es wie Schuppen von seinen blinden Augen, da sah der eifernde Dränger, daß der Meister weit über alle Länder und Völker schaute, daß auf seinem Haupt eine heilige Krone strahlte, wie sie kein König je getragen, daß kein Schwert in seiner Hand zuckte, sondern Segen floß aus ihr. Und als Judas knirschend vor Reue erkannte, was er getan, warf er das Blutgeld in den Tempel, ging hin und erhenkte sich.« –

Eine Weile schwiegen die Freunde. Dann sagte Sergej Fedorowitsch:

»Judas von Cheriot war ein armer Mann.«

Und Peter Iwanowitsch antwortete:

»Die Freiheit beginnt nicht beim Morde der Großem, sondern beim Überwinden der eigenen Kleinheit.«

Sergej Fedorowitsch sagte nichts; er dachte an die seltsam reichen Morgenstunden der letzten Wochen im Zeichen einer guten Tat des Überwindens, und zum ersten Mal in seinem Leben drängte und wühlte etwas in seiner Brust, was ihn mit ungeahntem Glück erfüllte. – –

Sie waren längst über die kleine Newa nach der Petersburg-Insel herübergekommen, hatten diese im Gespräch durchquert und standen nun an der Brücke, die in der Nähe der Karpowka-Mündung über die schmale Newka nach Wyborg hinüberführt; um die Kaserne herrschte lebhaftes Treiben. Soldaten und Offiziere in der festlichen Paradeuniform der Grenadiere standen in Gruppen, kamen und gingen, die Sonne blitzte im Metall und Lack ihrer Rüstung, und die frohe Osterstimmung dieses wunderbar klaren Vorfrühlingstages lachte aus jedem Gesicht. –

Sergej Fedorowitsch blieb stehen.

»Ich muß zurück,« sagte er, »meine gute Xena weiß nicht, wo ich so lange stecke. Und heute ist Ostertag.«

Es klang zärtlich und voll Liebe, als er den Freund bat:

»Nicht wahr, du kommst heute abend zu mir? Ich werde alle zusammenrufen; wir essen dann miteinander den Osterstullen, ja? Und dann erzählst du uns allen noch einmal die Geschichte von dem armen Judas Ischariot. Nicht wahr?«

Peter Iwanowitsch versprach, zu Sonnenuntergang an der Fontanka zu sein. Dann trennten sich die beiden Freunde. Sergej Fedorowitsch ging den Kai entlang, Peter sah ihm noch eine Weile nach, ehe er selbst über die Brücke langsam nach Wyborg hinüberschlenderte, wo er sich bald zwischen den Gärten, Wiesen und niederen Waldbeständen der weiten Fläche verlor. – –

*

Der einsame, müde Mann im hinrasenden Schnellzug strich sich mit der Hand über die Stirn. Auch heute war Ostertag. War er derselbe, der vor einem Jahr einsam durch die Ebene von Wyborg ging? Es fiel ihm ein, daß er seit jenem Tage nur noch ein einziges Mal mit dem Metalldreher Sergej Fedorowitsch Panin gesprochen und daß er sich schmerzlich geschämt hatte vor ihm.

Er preßte die Hand vor die Augen, daß sie ihn schmerzten und fließende Pfaufedernflecken malten. Hätte er doch weinen können! Aber der Segen der Tränen blieb ihm versagt. Mit klarer, wehvoller Deutlichkeit tauchte jener Ostertag aus der Ferne eines vollen Jahres in seiner Seele empor.

Damals hatte des Blutes heiße Unrast urgewaltig in ihm aufgelodert und alle Erdenlust um so qualvoller in seine Brust gestoßen, je stolzer er sich jemals darüber erhoben hatte. Er hatte etwas wie Neid empfunden, als er an der Newka-Brücke seinem Freunde Sergej Fedorowitsch, den er vom Trunk gerettet, nachblickte. Der ging zu seinem Weibe, zu seiner Xena, die jung war und ihn liebte und ihn noch heißer, noch inniger lieben würde, seit er sich nicht mehr betrank. Und das war sein Werk; er, Peter Iwanowitsch Karugin, der Apostel vom heiligen Elbrus, konnte solche Wunder wirken, aus dumpfen Tieren warmfühlende Menschen machen, Freude erschaffen, wo bisher stumpfe Gewohnheit war. Er war der Meister, dem sie die Hand küßten, der ihnen das milde Licht liebevollen Verstehens brachte, er war der Künstler, der sein Werk in lebendige Herzen schrieb, der wie ein Gott Werden und Wollen lenkte, Liebe und Kraft ausströmte, wie die Sonne am Tag. – Ja, das war er, das konnte er – – und stand mit leeren Händen frierend vor den verschlossenen Toren des großen Gartens, darinnen alle froh und selbstverständlich nahmen und gaben von den köstlichen Früchten des Lebens.

O ja, er wußte genau: man bezahlte eben mit dem einen, was man vom andern hatte. Das Leben rechnete glatt. Aber da war sie, da war sie wieder, die furchtbare Frage: War er auserwählt? War er ein anderer?

Nächte lang und auf einsamen Wegen hatte er sich mit dieser Frage getragen, um ihre Lösung gerungen. Er war in die Welt des Geistes geflohen, dann riß es ihn wieder fort, hinaus ins Endlose, irgendwohin, weiter, immer weiter. Wie oft war er diesen Weg schon gegangen, wie oft am einsamen Ufer des Meeres gesessen, die

Hände gefaltet, alles Glück und Weh der Welt in der Brust, und hatte gebetet: »Vater, führe mich! Laß die Lüge nie Gewalt haben über mein Herz!«

Denn Lüge war es, erhaben zu scheinen, indes rote Lust in den Adern zuckte und in den Schläfen gor. Durfte er wie ein Prophet unter die Harrenden treten mit dem wilden Lied der Erde im Blut, durften sie Gottes reinen Namen hören aus einem Munde, der nach Weibesküssen durstig war? Ach, Lüge war all sein stolzes Leben, lächerliche, feige, prahlende Lüge!

Er warf sich hin, und in der reinen, lebenweckenden Sonne des Ostertages, im Glockensummen der fernen, festlichen Stadt weinte er qualvolle, ehrliche Tränen in die feuchte, keimende Erde.

O, du! Herrlicher, Gewaltiger! Wie du, vorübergehen können an Maria Magdalena! Die flackernde Sucht im Blute der Dirne durch einen einzigen Blick deiner stillen Augen in reine, heilige Liebe wandeln! Und sterben als Sieger im Weinen der befreiten, geretteten Frau! O du! du! Vorübergehen können, wie du, an Maria Magdalena!« –

*

Als die Sonne sank, ging er über die lange Troitzki-Brücke, um zur angegebenen Stunde bei Sergej Fedorowitsch zu sein. Tagsüber hatte er sich im Freien aufgehalten, in einer Gastwirtschaft ein kleines Mahl genommen und war allein und sinnend durch die Stadt zurückgegangen.

Die Luft war sichtig und klar, alle Gegenstände erschienen in tiefen Farben und seltsam nahegerückt; viele Menschen drängten sich den Kai entlang, durch die Gassen und über die Brücken, und alle hatten in Gang, Blick und Rede viel frisches Leben und versteckte Lust. Jetzt tauchte die Sonne in eine goldstrahlende Wolkenbank und das Wasser der Newa leuchtete auf in rotem Brande. Am jenseitigen Ufer blitzten die Türme der Peter-Pauls-Festung, und es sah aus, als schwimme die Zwingburg auf einem riesigen Floß in einem Meer von Blut.

Peter Iwanowitsch blieb am Brückengeländer stehen. Er wandte den Blick von der Festung ab und schaute in die rote Abendglut.

Das war die Stunde der Offenbarung, wie er sie seit den Kindheitstagen kannte. Es kam ihm in den Sinn, daß seine Mutter einst in die glühenden Abendwolken gewiesen und zu ihm gesagt hatte:

»Siehst du, jetzt ist der Himmel offen. Jetzt kannst du Gott Vater sehen.«

Und als er nach einer Weile gefragt hatte:»Wo ist er? Ich sehe nur lauter Licht - -,« da hatte ihm die Mutter übers Haar gestreichelt und gesagt:»Dieses Licht ist Gott. -«

Wie damals in fernen Kindertagen am heiligen Elbrus, so war es auch heute noch am ewigen Nordmeer: Im leidenschaftlichen Lichte glühender Wolken segnete Gott die begnadeten Herzen. Alles versank im staunenden Schauen. Gott rief nach ihm, und er sagte:»Vater, da bin ich!« Noch einmal lebte der reiche Tag in ihm auf, noch einmal zuckte der wilde Brand in seiner Brust, wie die Wolke da draußen flammte in blutroter Sehnsucht. Und alles in ihm rief:

»Dich zu finden! Dich zu finden, du Heilige der Leidenschaft, Maria von Magdala! - -«

Er riß sich los, um weiterzugehen, indem er noch einen letzten Blick in das Flammen und Lohen von Himmel und Meer sandte. Da blieb er stehen. Wie war das? Er hatte niemand kommen sehen – und jetzt – welches Bild? – Regungslos stand er, fühlte sein Herz pochen und hielt den Atem an, aus Furcht, die Erscheinung zu vertreiben.

Vom roten Himmel zeichnete sich klar und tief der Schatten einer Frau. Sie stand am Geländer, hatte eine Hand auf die Brüstung gelegt und schaute regungslos in die untergehende Sonne. Hoch und schlank war diese Frau, wunderbar flossen die Linien ihrer Gestalt, wie mit der Schere geschnitten stand das Profil des fremdartig schönen Gesichtes vor dem leuchtenden Hintergrund.

Peter Iwanowitsch zuckte vor Schreck, als sie sich bewegte und sich ihm zuwandte. Fast hätte er die Hände beschwörend gegen die Fremde ausgestreckt; so sehr lebte er im Banne, eine Vision seiner durch die seltsamen Mächte dieses Tages aufgewühlten Sinne zu erleben.

Einige Augenblicke standen sie einander gegenüber, dann trat die Fremde auf ihn zu und sagte mit einer leise singenden, weichen Stimme:

»Guten Abend, Peter Iwanowitsch Karugin.«

Wehrlos, selbstverständlich, wie von einem schmeichelnden Element getragen, ging er neben ihr her den Kai entlang, bog in eine Gasse nach links, als sie es tat, und ging an ihrer Seite über den lebendigen Newski-Prospekt gegen die Fontanka zu. – –

*

Peter Iwanowitsch lächelte in die matte, grüne Wagenlampe. Es fiel ihm ein, daß sie damals den gleichen Weg gegangen waren, den er heute – oder war es schon gestern? – in wilder Flucht durchrast hatte.

Damals – – vor einem Jahr –.

Jelisaweta Isaéwna hatte in einemfort in ruhigem, singenden Ton gesprochen; einmal sagte sie:»Wir kennen Sie schon sehr lange, Peter Iwanowitsch. Wir wissen, wer Sie sind –.«

Dieses »wir« war ihm aufgefallen, aber er hatte nicht gefragt, wen sie damit meinte. Im dichten Getriebe des Newski-Prospektes war Jelisaweta oft gegrüßt worden, – – es waren meist junge Männer, Studenten, wie es Peter scheinen wollte, und einer von ihnen war ihm damals gleich aufgefallen, wie er frei und elastisch dahergeschritten kam und mit liebenswürdigem Lächeln und eleganter Bewegung seinen Hut vor Jelisaweta abnahm. Peter Iwanowitsch war von der lichten Erscheinung dieses schönen, kraftvollen Menschen so überrascht, daß er seine Begleiterin unwillkürlich fragte, wer es gewesen sei.

»Sie kennen Iwan Michailowitsch nicht?« fragte sie erstaunt. »Er ist einer unserer Besten. Ich dachte, er wäre Ihnen bekannt, weil er oft von Ihnen spricht. Nun, sie werden ihn bald kennen lernen –.«

Alle diese kleinen Fragen und Gegenreden, die damals vor einem Jahre zufällig und bedeutungslos im zögernden, oft zerrissenen Gespräch auf der stark belebten Straße aufgetaucht und rasch wieder verdrängt worden waren, gewannen jetzt Sinn und Bedeutung, und der einsame Reisende im nächtlichen Zuge wußte nun auch, warum er damals an der Seite Lisawetas jenes fremde, fast unheimliche Gefühl nicht überwinden konnte, das ihm ihre merkwürdige, selbstverständliche Sicherheit verursachte.

Auch als er wieder allein in seinem Zimmer, hoch im vierten Stock des uralten Miethauses im Kolomenski-Viertel, saß, glaubte er, noch ihr halblautes, vertraulich singendes »Wir kennen Sie, Peter Iwanowitsch – –« zu hören, sah noch die sonderbar verstehenden Blicke der jungen Leute, die sie gegrüßt hatten, rief sich alle Worte Lisawetas ins Gedächtnis zurück und wollte in manchem nachträglich viel mehr finden, als ihm gleich aufgefallen war. Ärgerlich über sein Grübeln verwarf er diese Gedanken, und wie ein Lichtblick tauchte die hohe Gestalt mit dem feinen Kopf, wie er sie zuerst auf der Troitzki-Brücke vor dem rotglühenden Abendhimmel gesehen hatte, wieder vor seinen Augen auf und auch der klare, offene Blick in den Augen des schönen Iwan Michailowitsch versöhnte ihn mit allen trüben Zweifeln. Zugleich aber wurde es ihm klar, daß er diese Menschen lieben würde, daß er sich nicht von Jelisaweta Isaéwna würde wenden können. Diese ahnende Erkenntnis verursachte ihm Freude und Schmerz. Hier sah er wieder – und stärker als jemals – daß sich in seinem Wesen alles zum Kampfe stellte, was andere Seelen kaum störte, und vorausfühlend sagte er sich, daß er leiden würde um sie, die er lieben mußte. Denn um jeden Menschen, der bedeutend in sein Leben trat, kämpfte er gegen tausend Widerstände seiner eigenen Art, und wenn er nicht gleichgültig wurde, sondern sich durchrang zur Liebe, so ward ihm die Kraft dazu, weil er seltsam reich war zu geben, weil Gott seine Seele weit offen hielt für alles, was lachte und litt, was kämpfte und voller Fragen war. – –

Ruhelos war diese Nacht gewesen, ruhelos, wie heute der stampfende, fliehende Eilzug. – –

Er hatte damals einen Brief an Jelisaweta zu schreiben begonnen: »– – wir wollen uns nur auf dem Boden der Wahrheit begegnen – oder nie mehr wieder – –. Daß Sie schön sind, Lisaweta Isaéwna, mein Gott, wer brauchte Ihnen das noch zu sagen – –. Ich bin nicht klug in der Welt und ein einfacher Mann, vielleicht überschätzen Sie mich – –, aber ein Spiel werden Sie nicht treiben mit mir, – das werden Sie nicht – – –.«

Da war ihm mitten im Schreiben eingefallen, daß er ihre Wohnung nicht wußte; wie sollte also dieser Brief – –? Oder doch: sie hatte sich ihm als Studentin zu erkennen gegeben, man konnte also an die Universität schreiben. Plötzlich kamen ihm seine Sätze zudringlich und unklug vor; er zerriß den Brief und versank neuerdings in Grübelei, stand auf, sah rings im matterhellten Zimmer um sich und kam sich plötzlich fremd darin vor. Zögernd, mit halber Absicht begann er unter seinen Büchern zu suchen. Ein schmales Bändchen blieb in seiner Hand; es waren die Gedichte von Nikolai Alex. Nekrassow.

Er schlug auf und las:

>– – – – – oh, heimatlich' Land!
Wo ist er, der heißersehnte,
der nimmer geschaute Ort,
wo der russische Bauer nicht stöhnte,
dein Sämann, Ernährer und Hort?
Er stöhnt auf Äckern und Wiesen,
in düstern Kerkerverließen,
im Bergwerk auf tödlichem Pfad,
an Händen gefesselt und Füßen.
Er stöhnt bei Ernte und Mahd
und seufzt in zerfallener Hütte
beim Schwälen des Kienspanlichtes,
er stammelt der Herzensangst Bitte
vor den Türen des Kreisstadtgerichtes – –
– – – – – – – – – –«

Plötzlich sprang er auf und schlug sich mit der Hand vor die Stirne. Wie ein Pfeil war es durch seinen Kopf gefahren: Sie hatten auf ihn gewartet – – Sergej Fedorowitsch und die anderen – – alle hatten auf ihn gewartet – – just heute am Ostertag erwarteten sie etwas besonderes von ihm, eine frohe Botschaft – – Worte der Erlösung – – er hatte es wohl gemerkt, als Sergej an der Grenadier-Brücke noch zuletzt gesagt hatte:

»Ich werde alle zusammenrufen – –, nicht wahr, du kommst?«

Und nun waren sie umsonst gekommen, waren umsonst in der dumpfen Stube gesessen, hatten vergeblich gewartet. Wie hatte er so seine heilige Pflicht vergessen können!

Heiße Scham trieb ihm alles Blut zu Kopfe; er stieß das Fenster auf –, es war tiefe Nacht. Nun warteten sie nicht mehr. Sie waren heimgegangen in ihre armen Quartiere, ohne Trost, ohne Licht – seine Gemeinde. –

Peter Iwanowitsch kniete vor dem Fensterbrett nieder, legte den hämmernden Kopf auf seinen Arm, und ehe noch eine erlösende Träne kam, hörte er durch die laue Vorfrühlingsnacht von der Straße herauf einen einsam heimkehrenden Menschen das alte, halbvergessene Liedchen der Julia Valerianowna Shadowskaja singen:

»Siehst du, wie am blauen Himmel
rosenrot das Wölkchen zieht?
Siehst du dieses Blühn der Felder?
Hörst du rings der Vögel Lied?

Schwing' dich auf mit mir, Geliebter –
sei's nur für den Augenblick –
höher als das Menschenelend,
höher als das Menschenglück!«

Mit sonderbar weicher Innigkeit wiederholte der Sänger die letzten Zeilen des sentimentalen Gedichtchens, und als er um eine Ecke bog, verklang der Abgesang im leichten Wehen der Nachtluft.

Da schluchzte Peter Iwanowitsch aus tiefster Seele qualvoll auf. –

*

Mit dem nächsten Morgen war die Zeit gekommen, die er seinen ersten Frühling nannte.

Aus die zweifelgeplagte, düstere, drängende Nacht waren helle, lebensvolle Tage gefolgt, so daß er gar nicht begreifen konnte, was er eigentlich hätte fürchten sollen, wovor er gebangt hatte. Er lächelte oft still und glücklich vor sich hin, wenn er an der Seite Jelisawetas ging, und fand es immer selbstverständlicher und ganz natürlich, daß sie ihn liebte, wie er sie.

Waren sie denn nicht ganz gleichen Sinnes in allem und jedem, fanden sie nicht dasselbe schön und häßlich, liebte nicht er, was ihr gefiel, haßte nicht sie, was er verwarf?

Wie reich waren die Tage dieses Frühlings!

Weit draußen auf den stillen Inseln, in den Ebenen am Strande des Meeres wanderten sie umher, hielten einander an der Hand und sprachen oft lange Zeit kein Wort. Ging die Sonne unter, so mußte sich Jelisaweta vor den roten Abendhimmel stellen und er schaute so lange schweigend vor Glück nach ihrem dunklen, hohen Schattenriß, bis das Glühen dahinter verlosch. Ein Danken und Beten war in seiner Brust, alles, was er früher kaum beachtet hatte, wurde nun bedeutungsvoll und sinnreich, jeder Zufall wuchs zum Symbol und wo sie mitsammen gingen, erstand ihm eine Heimat aus fremder Erde. Er sprach zu ihr von seiner Kindheit, von den Wundern im Lande des heiligen Berges, von seiner Mutter, von seiner Heimat –.

»Ich habe keine Heimat –« sagte Lisaweta mit dem schmeichelnden Singen in der Stimme, das er liebte, wie alles an ihr.

»Keine Heimat?« fragte Peter erstaunt, und es kam ihm ganz unmöglich vor, daß jemand keine Heimat haben konnte.

Lisaweta Isaéwna fuhr im gleichen Tone fort:

»Die Stadt liegt da drüben irgendwo im Osten. Ich weiß nicht, wie sie aussieht. Als ich ganz klein war, da verbrannten sie das Haus und ermordeten wohl meine Eltern – –«

»Wer, um Gottes willen?«

»Kosaken.«

»Warum?«

»Das wußten sie selbst wohl kaum. Es war ihnen kommandiert worden.«

Peter Iwanowitsch küßte seine schöne Geliebte.

»Du Liebe, du Arme –«, sagte er.

»Warum arm?« erwiderte Jelisaweta. »Ich war ein kleines Kind, als es geschah. Nur an das Feuer kann ich mich noch erinnern; an die Eltern nicht mehr.«

Dann neigte sie sich ganz nahe zu ihm, und ihre Stimme zitterte ein wenig, als sie sagte:

»Von diesem Feuer aber ist ein Funken in mir geblieben: der glimmende Haß gegen die, welche es angesteckt haben. Verstehst du mich?«

Peter Iwanowitsch erschrak. Auch in seiner Erinnerung war Feuer das erste Bild, aber es war das Flammen und Glühen der Berge, wenn die Sonne sank, es war der zuckende Brand des offenen Himmels, aus dem die Liebe strömte, das Licht, welches Gott selber war. –

»Und dieser Funken muß zur fressenden Flamme werden –«, hörte er dicht neben sich Jelisaweta Isaéwna sagen, »daran denke ich immer und dachte auch damals auf der Troitzki-Brücke daran, als die Sonne so blutig rot in die Newa ging. Weißt du noch?«

Da war es ihm gewesen, als entreiße ihm jemand sein liebstes Bild. Er empfand einen Stich, spitz und schmerzvoll, zugleich aber sagte er sich, daß er dieser Beraubten alles, alles wiedergeben müsse, was ihr an Heimat und Liebe entgangen war. Hatte er nicht königlich reich empfangen von all dem?

Auch darin sah er nun Sinn und Absicht seines Geschickes. Freudig teilt er ihr diese Gedanken mit, aber sie schüttelte leise den Kopf und hatte nun wieder die sanfte, singende Stimme, als sie sagte: »Ich will gar nicht haben, was ich nie kannte. Ich habe dafür kein Verstehen; das ist wohl damals mitverbrannt –.« Sie deutete nach der Stadt und fuhr fort:

»Wenn das alles da drüben plötzlich in Rauch und Feuer unterginge, glaubst du, ich empfände Schmerz oder Lust daran? Es würde mich nur verwandt berühren, ja, das ist das einzige, dem ich verwandt bin. Und das Verwandte suchen wir mit der Notwendigkeit von Naturgesetzen, nicht wahr? Mit »gut« und »schlecht« hat das nichts zu tun. Es ist eine Rache der Natur, für die wir nicht können. Unklug ist, wer sie herausfordert –.«

Peter Iwanowitsch schüttelte traurig den Kopf.

»Verstehst du das nicht?« fragte Lisaweta. »Ich habe es dir vielleicht nicht recht klar gemacht. Du mußt nun doch einmal mitkommen, wir sind schon zu lange allein umhergegangen. Sie fragen mich schon nach dir –.«

*

Bald kannte er sie alle.

Ganz draußen am endlosen Sabalkanski-Prospekt, wo die Schienenstränge der Eisenbahn in die öde, trostlose Ebene verrinnen, trafen sie einander in einem elenden Vorstadthaus, dessen rohe Ziegelwand an der einen Seite darauf zu warten schien, daß sich ein gleiches Elendsquartier daran anklebe. Zahllose Kinder schrien und balgten auf den unratübersäten Baugründen der Umgebung und im Straßenkot. Im Erdgeschoß des Hauses befand sich eine Schnapsschenke mit stets halbgeschlossenen Fensterläden; ein schmutziges, unfrisiertes Frauenzimmer hantierte dort und bediente beim Klang eines Musikautomaten die zerlumpten, versoffenen Gäste, von denen man keinem nachweisen konnte, wovon er lebte, woher er kam und wohin er ging.

Alles sah verkommen, armselig und verrufen aus, und irgendeine Gefahr schien unausgesetzt über Haus und Menschen zu schweben.

Durch die Branntweinschenke gelangte man in ein abgeschlossenes Zimmer, das durch das Vorhandensein zweier unreiner Betten den Charakter eines Wohnraumes vortäuschen sollte. Im übrigen befanden sich nur ein paar hölzerne Bänke und Tische darin. –

Als Peter Iwanowitsch an einem trüben Nachmittag zum ersten Mal dieses Lokal betrat, dessen Fenster nach der grauen Ebene gingen, wo endlose Lastenzüge fern in den müden Regen hineinkrochen, da bäumte sich alles in ihm gegen diese Umwelt, so daß er angewidert und beklommen am liebsten davongelaufen wäre. Da aber stand plötzlich Iwan Michailowitsch neben ihm. Seine strahlende Schönheit konnte sogar diesen Winkel heller und freundlicher erscheinen lassen, und als Iwan kräftig und warm Peters Hand schüttelte und den Staunenden mit freier Herzlichkeit willkommen hieß, da fühlte sich dieser sogleich wieder im Banne des kraftvoll gewandten Weltmannes, wie damals, als er ihn zum ersten Mal auf dem abendlichen Newski-Prospekt gesehen hatte.

»Schön ist es hier ja nicht,« lachte Iwan Michailowitsch, »das ist aber nicht unsere Schuld. Von Rechts wegen sollten Leute wie wir auf seidenen Thronen sitzen. Na, wäre vielleicht zu weichlich, was?« wandte er sich an Jelisaweta Isaéwna. »Solche elende Winkel brauchen wir, damit wir nicht aus dem Glühen kommen – –.«

Peter Iwanowitsch empfand deutlich die Oberflächlichkeit dieser Worte; dennoch fühlte er sich unwiderstehlich zu dem eleganten Sprecher hingezogen, der ihm aus einer anderen, großen, leichten und schönen Welt zu kommen schien.

»Sie sind Georgier?« sagte Iwan, »das sieht man ihnen an. Sie haben die ruhigen, verwunderten Augen, wie ein gefangener Bergvogel. Nicht wahr, Lisaweta, sieht er nicht gerade so aus? Ich wette, Sie waren noch nie im Westen.«

Peter verneinte. Außer Sankt Petersburg kenne er keine größere Stadt.

»Nun ja,« sagte Iwan Michailowitsch leichthin, indem er sich halb auf den Tisch setzte, »es ist ja ganz hübsch, unser liebes Piter, aber die Welt fängt doch erst drüben an und Menschen gibt es erst jenseits verschiedener Flüsse. Da sollten Sie einmal hinüber.« Und nun erzählte er in seiner leichten, unterhaltenden Sprechweise von Paris, von Südfrankreich, der Riviera und der Schweiz, wo er überall an den Universitäten, in eleganten Kurorten und Seebädern zu Hause schien und für seine Jugend schon recht viel erlebt haben mochte. So wenig Bedeutung und Wert dies alles verriet, so war es doch schwer, sich dem Zauber des schönen, liebenswürdigen Menschen zu entziehen, und Peter Iwanowitsch wünschte nichts sehnlicher, als der Freund des heiteren Befreiten zu werden.

Nach und nach waren andere junge Leute gekommen, einzeln und still, und keiner von ihnen schien darüber verwundert, hier mit Peter Iwanowitsch Karugin bekannt zu werden. Es war nicht leicht zu erraten, welchen Ständen sie angehörten, und da er kaum ihre Namen erfuhr, konnte Peter erst nach mehreren Zusammenkünften herausbekommen, ob er einen Studenten, einen verkleideten Beamten oder einen Arbeiter vor sich hatte. Auch aus ihren Reden und Treiben war schwer eine klare Richtung herauszufinden. Er entdeckte oft plötzlich mit heller Freude irgend einen verwandten Zug, einen seiner eigenen Gedanken in ihren Äußerungen und mußte dann zu seinem Schmerz daraufkommen, daß es sich um angelernte Phrasen handelte, keineswegs aber um Erfahrungen oder Überzeugungen, die sich etwa aus innerem Kampf und Erleben notwendig ergeben hätten. Auch waren diese Menschen immer aufgeregt, verwirrt und zu Ausbreitungen geneigt, wozu der überreichliche Genuß starker alkoholischer Getränke sehr viel beitrug, und je länger sie beisammensaßen, desto lauter und heftiger forderte jeder das Wort, desto häufiger sprang bald da, bald dort ein Redner auf und begann voll Zorn und Hitze von Freiheit, Menschenrecht, Kultur und Fortschritt zu schreien, bis seine Ausführungen im wüsten Beifallsgebrüll und allgemeinen Verfluchen des Bestehenden gleichfalls untergingen.

Peter Iwanowitsch blickte oft suchend von einem zum andern, aber er sah nur halbtrunken flackernde Augen, rote Flecken auf blassen Wangen und aufgeregte Gesten, und wurde aus keinem klar.

Da war ein Student, Néhémie Ssemenowitsch Levontin, ein Sohn des zum Leiden auserwählten Volkes, wie er stets sentimental und zudringlich versicherte. Bei einem Pogrom im Judenviertel von Odessa war er knapp mit dem Leben davongekommen und hatte – auf solche Weise aus der Heimat gestoßen – seither ein unstetes Leben geführt. Von Ägypten bis Frankreich kannte er jeden Schlupfwinkel anarchistischer und nihilistischer Gesellschaften – die Pyramiden, den Louvre, den Nil oder den Mont Blanc hatte er nie angesehen, obwohl er oft in ihrer nächsten Nähe gewesen war. Denker, Dichter und Künstler aller Zeiten und Völker waren ihm gleichmäßig völlig fremd, aber die Brandreden südfranzösischer Sozialistenführer trug er stets in grellroten Broschüren in allen Taschen bei sich und hatte besonders zündende Stellen darin mit Blaustift unterstrichen und auswendig gelernt. Er war geschworener Tyrannenmörder und Verfassungsstürzer. Niemand nahm ihn eigentlich ernst.

Da war auch der widerliche Kerl mit den roten Bartstoppeln und den verquollenen Augen, dem alle Laster und Krankheiten aus dem Gesicht abzulesen waren. Welches Geschäft er trieb, wußte niemand; er nannte sich einen Mann des Volkes, hielt stets die wildesten Reden über die Menschenrechte, betrank sich im Namen der Freiheit, riß im Namen des Vaterlandes die zerraufte Schankdirne an sich und lieh sich von jedem 50 Kopeken aus –, im Namen der Gleichheit und Brüderlichkeit.

Oft stahl sich Peter Iwanowitsch aus der Versammlung der Staatsretter hinaus in die Branntweinschenke. Dann folgte ihm meistens Iwan Michailowitsch, und beide setzten sich an einen Tisch.

»Nun sind sie wieder im politischen Hochschlaf,« sagte Iwan gewöhnlich, indem er lächelnd nach der Tür zurückdeutete, »ein wenig unruhig träumen sie, aber wenn sie wach werden, kann man doch einmal etwas aus ihnen machen.«

Dann redete er von tausend gleichgültigen Dingen (denn dieses Lokal war für jedermann offen), während Peter meist schwieg und mit suchenden Blicken die Leute beobachtete, die da aus- und eingingen.

Zwei Männer fielen ihm stets auf; sie waren fast immer da, hatten beide die gleiche Art zu stehen, zu gehen und zu sitzen, waren fast ganz gleich gekleidet, sahen verwildert aus und zogen da in den verrufenen Kaschemmen umher, wo sie Schnaps tranken, den Zaren verfluchten und alles Bestehende verneinten. Dabei gaben sie stets aufeinander acht, beobachteten einer den andern heimlich voll Mißtrauen beim Trinken, beim Aufstehen, beim Zahlen, denn bei allen diesen Anlässen konnte man an einer ganz unscheinbaren Geste bemerken, wen man vor sich hatte. Es gab so geheime Zeichen für Gleichgesinnte: wie man das Glas hob und ansetzte, wie schnell man trank, nach welcher Seite man aufstand, ob man beim Bezahlen das Geld auf den Tisch legte oder in der Hand behielt, – – und sie taten alles gleich.

Da war nun die Frage: Wer war der Nihilist, wer der geheime Polizeiagent? Oder waren beide eines von beiden?

Sie stellten einander die gefährlichsten Fallen, drehten ihre Reden in halsbrecherischer Weise, hatten stets schärfere Augen und vertrugen anscheinend beide gleichviel Alkohol, denn keiner verlor sich jemals, wie viel und scharf sie auch tranken. Und am Ende war jeder in des andern Gewalt.

Ja, es war keine leichte Sache.

Das politische Leben in diesem Lande war so verworren, verwaschen und verdorben, seine Formen so schwierig und überspitzt, daß sie sich schließlich selber um ihre Wirkung brachten. Alles schwankte, der Boden war beständig zum Halsbrechen schlüpfrig, und wenn einer im Staatsgefängnis verschwand, so war es vielleicht ein Nihilist, vielleicht aber auch ein Agent der geheimen Polizei, den ein Kollege verraten hatte, ehe er selbst zu den Nihilisten überging, die ihn dann erst noch umbrachten.

Ja, es war schwer. –

Niemand vermochte zu entscheiden, ob Nihilisten oder Polizisten das windigere Gesindel im Lande waren. Sicher blieb nur, daß beide allenthalben lächerlich wurden. –

*

Immer seltener traf es sich, daß Peter Iwanowitsch mit Lisaweta Isaéwna allein war; und kam es schon einmal dazu, so gingen sie meist schweigend nebeneinander her. Das war ja auch im Frühling oft so gewesen, als sie allein weitumher wanderten und aneinander glücklich waren. Aber Peter Iwanowitsch fühlte recht wohl den Unterschied: Damals *konnten* sie nicht sprechen, weil kein Wort so groß und heilig war, wie ihr Erleben – jetzt aber, in den schwülen Sommertagen, *wollten* sie einander manches nicht sagen, was schwer in ihnen lag. Er wenigstens war sich dessen bewußt – ob auch sie es war?

Je länger er schwieg, desto quälender empfand er es, und zuweilen kam es vor, daß er das ruhevolle Gleichmaß der Freundin aufreizend an seinen Nerven zehren spürte und voll Bitterkeit und Spott über ganz unbedeutende Dinge sprechen konnte. Wenn Lisaweta dann ruhig lächelnd ihm seine schlechte Laune vorhielt, so machte sie damit seine Stimmung nicht besser. Ja, er glaubte sich durchschaut und in ihrer betonten Überlegenheit ein grausames Spiel mit seinem Zustand erblicken zu müssen, dem sie wohl mit voller Absicht in keiner Weise entgegenkam.

Stolz und scheu, wie er im Innersten seines Wesens war, wähnte er sich betrogen und verraten und brachte es nicht über sich, mit einem Wort daran zu rühren, so daß sich nach und nach eine finstere Wolke über die schöne Heiterkeit seiner Seele legte. –

In einsamen Stunden sagte er sich, daß er ihr Unrecht tat, daß sie in ihrer klaren Ruhe den Stürmen seines allzu empfindsamen, aufgewühlten Herzens völlig arglos gegenüberstand, seinen Unwillen nicht verdient hatte und seiner Liebe bedürftig war. Dann war er zerknirscht vor Reue und Schmerz, verfluchte seine eigensüchtige Engherzigkeit und richtete ihr reines Bild von neuem auf in seinem Heiligtum.

Aber ein Schatten blieb darüber, und Peter Iwanowitsch litt daran.

Er begrüßte es jetzt fast wie eine Erlösung, wenn sich Iwan Michailowitsch zu ihnen gesellte, was immer häufiger eintrat, bis es schließlich zur Regel wurde.

Der schöne, gewandte Freund ließ keine Schwermut aufkommen. Er schlug eine kleine Meerfahrt vor, die sie zu den Inseln hinausbrachte, oder man entfloh der Sommerhitze im schattigen Pavillon eines der eleganten Cafés an den Promenaden am Kai der Newa. –

Und Peter Iwanowitsch entdeckte zu seiner Verwunderung, daß er dem befreiten Menschen gegenüber selbst freie und leichte Worte fand für alles, was ihm allein und neben Lisaweta so schwer erschien.

Lachend, mit einem Sarkasmus, den er an sich noch nie wahrgenommen hatte, konnte er über die Eindrücke reden, die er an der »Schnapsquelle der Freiheit« – wie er das Lokal am Sabalkanski-Prospekt nannte – empfangen hatte. Er geißelte die lächerlich-sentimentale Komödie der Heimatlosigkeit, welche diese arbeitscheuen Aufgeregten in der Maske der Enterbten einander vorspielten, deckte ihre jämmerliche Hohlheit auf und entwarf ein witziges

Bild des Zukunftstaates, wie ihn etwa Néhémie Levontin, der Sohn des zum Leiden auserwählten Volkes, gründen und mit Hilfe seiner Genossen verwalten würde.

Iwan Michailowitsch hörte nachsichtig lächelnd zu, Jelisaweta Isaéwna schaute meist völlig teilnahmslos auf das Wasser hinaus und rauchte eine Zigarette nach der andern. Manchmal lachte Iwan hell auf, und einmal rief er:

»Du bist ein drolliger Bursch, mein Petruscha! Dich muß man lieb haben bei all deiner Sonderbarkeit. Du hast ja ganz recht: Ich möchte auch keinen von denen da draußen allein loslassen, – Gott bewahre! – aber als Masse brauchen wir sie, verstehst du? Wir, – das sind die ganz wenigen, die die Freiheit nicht dumm macht, die stets wach bleiben und im rechten Augenblick ein wenig nachhelfen müssen, wenn Gottes Mühlen gar zu langsam mahlen.«

Peter Iwanowitsch wurde nachdenklich.

»Ich habe mir den Weg dahin anders gedacht«, sagte er langsam.

Jelisaweta warf mit ruhiger Bewegung eine halbverbrannte Zigarette ins Wasser. Etwas wie Verachtung lag in dieser von niemand wahrgenommenen Geste.

»Ja, ja, das wissen wir«, sagte Iwan Michailowitsch. »Wir kennen deine Missionstätigkeit da hinten in der Altstadt; und wer so wirkt, ist unser Mann. Aber sei überzeugt, mein lieber Petruscha: die Leute glauben und beten lehren ist nur die eine Hälfte; sie wissen und wollen machen, ist die andere – und die wichtigere.«

»Ja – und die Liebe –«? fragte Peter, der, wie immer im entscheidenden Augenblick, das Denken aufgab und sich ganz auf sein Gefühl verließ.

»Jetzt hat er wieder Augen, wie ein gefangener Bergvogel«, lachte Iwan Michailowitsch, und, indem er eine Zigarette aus dem goldenen Etui nahm, sagte er leichthin:

»Liebe ist der Luxus des Lebens.«

Das war eine von den westeuropäischen, leichtsinnig verführerischen Wendungen, mit denen der liebenswürdige Zyniker das schwerblütige Kind der georgischen Berge in gleicher Weise abstieß und an sich zog.

*

Gegen Ende des Sommers, als es schon recht kalte Regentage gab, bemerkte Peter Iwanowitsch, der nun seine ganze Zeit in Iwans, Lisawetas und einiger anderer Gesellschaft verbrachte, an den Freunden eine Unruhe und Spannung, die selbst der weltgewandte Iwan Michailowitsch nicht immer verbergen konnte.

Häufig trafen jetzt Fremde ein, die nach einer vertraulichen Besprechung mit Iwan Michailowitsch meist schon am nächsten Tage wieder verschwunden waren. Da Iwan schwieg, fragte Peter nicht, und weil der Freund jetzt häufig durch die geheimnisvollen Gäste in Anspruch genommen und auch sonst mit Gedanken und Plänen beschäftigt schien, so ergab es sich, daß Peter wieder mehr und mehr mit Jelisaweta Isaéwna allein war. Sie schien von besonderen Vorgängen nichts zu merken und zeigte sich auf eine vermutende Frage Peters völlig von seiner Wahrnehmung überrascht, der sie indessen jede Wahrscheinlichkeit absprach.

»Was sollte im Werk sein?« fragte sie. »Es ist doch alles wie gewöhnlich. Jeden Herbst tauchen an der Hochschule und in der Stadt neue Leute auf und Iwan Michailowitsch ist nun einmal allerwelts Freund und Vertrauensmann. Keiner mietet ein Quartier oder kauft einen Rock ohne seinen Rat.«

Durchaus nicht überzeugt von dieser Erklärung, vermied Peter Iwanowitsch dennoch im weiteren diesen Gegenstand. Einmal konnte er überhaupt eine gewisse Scheu vor der Art und den Umtrieben der Gesellschaft vom Sabalkanski-Prospekt nie ganz überwinden, und dann zog ihn gegenwärtig noch ein Umstand immer weiter davon ab: In seine Beziehungen zu Lisaweta war nämlich gerade in diesen Wochen eine merkwürdige Wärme und Innigkeit gekommen, wie er sie noch nie gefühlt hatte und deren Entstehen er, weil er keine andere Erklärung fand, auf den natürlichen Rhythmus von Höhe und Tiefe zurückführte, den er an allen Erscheinungen des Seelenlebens wahrzunehmen glaubte.

Hatte er nun in den Sommermonaten eine gewisse Entfremdung schmerzlich empfunden, so war er jetzt ganz glücklich, zwischen sich und der geliebten Freundin wieder die selige Vertraulichkeit der fernen Frühlingstage aufkommen zu sehen. – Ja, noch mehr.

War er damals der Werbende, der stets Gebende gewesen, reich beschenkt und kindlich dankbar ob ihrer bloßen Gegenwart, so konnte es selbst die größte Bescheidenheit dem Glücklichen nun nicht länger verhehlen, daß die so kühle, unnahbare Geliebte jetzt in Wort und Blick, ja auch in Kleidung und Bewegung gleichsam nach ihm tastete, ihn mit schmeichelnden Schleiern umzog und sich ihm zum ersten Mal als Weib fühlbar machte.

Eine Sucht nach ihrer Nähe überkam ihn, so heiß und urgewaltig, daß er das Schwinden jener heiligen Weihe, die ihm diese Liebe hoch über alles Irdische hinzutragen schien, zunächst gar nicht empfand.

Jede Berührung, jeder Händedruck ließ sein Blut wild und gebieterisch aufwallen und sein ganzer Tag war nun ein ungeduldiges Harren auf den Augenblick einer Umarmung, auf die glühenden Wonnen eines Kusses, die ihm indes meist erst in später Nachtstunde flüchtig zuteil wurden, wenn es unauffällig anging, daß er Lisaweta allein aus der Gesellschaft bis an das Tor ihres Hauses begleitete. –

Ging er dann durch die leeren, finsteren Gassen seiner einsamen Wohnung zu, so waren es keineswegs freundliche Geister, die um ihn waren. Aus dem sehr natürlichen Unwillen, nicht mit der Geliebten vereint zu sein, erwuchs ihm der Zweifel an der Übereinstimmung ihrer Gefühle. Hätte Jelisaweta ihm nicht irgendwie entgegenkommen müssen? Ihn marterte die Erkenntnis, daß sie ihn mit vollem Bewußtsein dorthin führte, wo sie ihn haben wollte, ihn aber keinen Schritt weiterkommen ließ. Gegenwärtig war es offenbar ihre Absicht, ihn heiß und sinnlich zu sehen, – und sie erreichte es.

Voll Zorn nannte er sich selbst einen ungeschickten Tölpel, dem es im rechten Augenblick an Mut und Kraft gebrach. Es war lächerlich, sich von einem Weibe an der Nase führen zu lassen! Zitternd zu warten auf ihren Wink, und wenn er ausblieb, demütig ihre Hand zu küssen und nach Hause zu schleichen – anstatt keck zuzugreifen, die spröde Schöne einfach zu nehmen – –! Wie hätte das Iwan Michailowitsch gemacht! Mit welcher überlegenen Leichtigkeit! –

Plötzlich überkam ihn Reue und Scham wegen der niedrigen Gewöhnlichkeit seiner Gedanken. So weit war er also? – Wie jeder beliebige gedankenlose Genießer betrachtete er jetzt den qualvoll ersehnten Einklang des Ich mit dem Du, den er stets als seines Lebens letzte Erfüllung entbehrend heilig gehalten hatte.

Er verfluchte sein Leben, das ihn an diesen Punkt geführt hatte, verwarf seinen Verkehr mit den wurzellosen Menschen, unter die er da geraten war und deren Gift er bereits an seinem Herzen fressen spürte, und verfluchte vor allem die weichliche, menschenüberfüllte Großstadt mit ihren Lastern und Lüften, mit ihren Verkehrtheiten und Schwächen.

Leise erst, wie ein fernes Läuten, klang ein Wort in seiner Seele wieder: »– – – In den engen Gassen ihrer Städte spüren sie nichts von Gottes Hauch; aber der Feind geht durch ihre Mitte. Geh nicht ins tiefe Land!«

Stärker schwoll es an und wurde ein Brausen, wie der Sturm im Bergwald, wie der Wassersturz am Felsenhang, wie der Donner der ewigen Höhen.

Und wieder kniete er hoch oben an seinem Fenster, den hämmernden Kopf in die Hände gepreßt, und schluchzte und dankte aus zuckendem Herzen dem ewigen Vater, der ihn gerufen hatte mit der Stimme der Heimat, als ihre heilige Weihe ihn verlassen wollte. –

*

Die ewigen Berge und ihre Reinheit!

Das Licht der glitzernden Zacken und Spitzen und ihr leidenschaftliches Glühen im Sonnensinken!

Quelle und Wald und Einsamkeit, Lieder im stillen Dorf, Liebe im kleinen Haus, Gottesnähe überall! –

Mit dem jubelnden Glück des Erlösten in der Brust trat er vor die ersehnte Gefundene.

»Du mußt mit mir in die Berge, Lisaweta! In meine Heimat mußt du mit mir. Oh, komm, komm mit mir! Fort von allen hier, fort aus dieser Stadt, die uns nicht lieb hat. Du mußt meine Berge sehen, und du wirst sagen: Schön sind sie, schön ist dein Land! Hier wollen wir bleiben. – Und das werden wir. Oh, du weißt ja nicht, meine

Göttin, wieviel Glück auf uns wartet! Das Haus am Hange des Elbrus soll deine Heimat werden, die Heimat, die du nie gekannt hast. Und Kraft und Schönheit, Reinheit und Ruhe wird dir werden aus der gesegneten Erde. O komm, komm mit mir in die Heimat –!«

Jelisaweta Isaéwna zwang sich, ruhiger zu scheinen, als sie war.

Durch die Spiegelscheibe des Cafés schaute sie hinaus auf den verregneten Newski-Prospekt, wo sich die Leute mit nassen Schirmen und Mänteln durcheinander drängten. Nach einer Weile legte sie ihre schöne, schmale Hand wie beschwichtigend auf Peters Arm und sagte weich und mit verhaltener Trauer:

»Wir können doch jetzt nicht in die Berge gehen; der Winter steht vor der Tür.« Und als Peter sich zu einem Einwand anschickte, fuhr sie fort: »Dann habe ich auch noch in diesem Jahr eine Prüfung zu machen – –.«

Peter Iwanowitsch empfand schmerzlich die nüchterne Unerbittlichkeit dieser Gründe. Zugleich aber rief alles in ihm nach der einzigen Erlösung, und es war etwas von rettungsuchender Angst in seiner Stimme, als er sagte:

»Aber im Frühling, – – im Frühling, – da kommst du mit –.«

»Ja, im Frühling – –«, sagte Lisaweta gedehnt, indem sie leise Peters Arm streichelte und durchs Fenster ins Leere sah. –

Er wußte nicht, wie es kam, aber etwas Fremdes, Furchtbares legte sich schwer auf sein Gemüt, – und diesmal empfand er auch keine Erleichterung, als Iwan Michailowitsch an den Tisch kam und durch sichtlich erzwungene Heiterkeit und lautes Schimpfen über das andauernd schlechte Wetter in Rußland – wie es Peter vorkam – seine Unruhe zu verbergen bemüht war.

Alsbald vertiefte sich Iwan in das Studium der Tagesblätter, in denen um jene Zeit sehr viel von den Erlässen und Anordnungen des neuen Polizeiministers geschrieben wurde, die allenthalben Aufsehen, in gewissen Kreisen jedoch helle Wut und maßlose Erbitterung auslösten. Selbst Peter Iwanowitsch mußte davon wissen, obgleich er sich nie um Vorgänge irgendwelcher Politik kümmerte, da er der Überzeugung war, daß es sich da stets nur um Gewalt oder unehrliche Ränke handelte.

Mehr Anregung bot ihm die Unterhaltung mit dem Maler Iwan Warinski, der mittlerweile in Begleitung des Arztes Leon Martynow an ihrem Tisch Platz genommen hatte.

Warinski, dessen preisgekröntes Bild des taufenden Johannes eben den Gesprächsstoff aller künstlerisch mitlebenden Kreise der Hauptstadt bildete, bewarb sich sehr um die Gewogenheit Jelisaweta Isaéwnas. Er würde nach ihr ein Bild des Frühlings malen, erklärte er, den März etwa oder die Osterzeit – noch vor dem Erwachen der Natur. Dazu sei sie ein ideales Modell; er könne sich, seit er sie gesehen, den Vorfrühling gar nicht mehr anders verkörpert denken.

Jelisaweta lächelte. Sie habe nichts gegen seine Auffassung, wenngleich sie ihr selbst noch nicht in den Sinn gekommen sei. Peter Iwanowitsch, dem es schmeichelte, die schöne, stille Freundin in solcher Weise erhoben zu sehen, gab sich alle Mühe, für seinen Teil das Zustandekommen des Bildes zu fördern. –

Plötzlich warf Iwan Michailowitsch voll zornigem Unwillen die Zeitung hin. Im selben Augenblick aber suchte er seine unbeherrschte Bewegung wieder auszugleichen, indem er sich an den ihm gegenübersitzenden Dr. Leon Martynow wandte und ihn scheinbar ganz gleichgültig nach dem Zeitpunkt seiner Abreise fragte.

Dr. Martynow befand sich nur vorübergehend in der Heimat. Seine medizinische Praxis trieb er in Lausanne, wohin er schon in den nächsten Tagen wieder abzureisen gedachte. Anscheinend hatte auch er, wie alle, mit Iwan Michailowitsch Wichtiges zu besprechen, denn die beiden begaben sich mit der Begründung, Kunstgespräche durch banales Zeug nicht stören zu wollen, an einen ganz abseits gelegenen kleinen Tisch in einer Fensternische, wo sie eifrig weiterverhandelten. – – –

*

Als Peter Iwanowitsch beim Fortgehen Lisaweta in den Regenmantel half, bemerkte er erst, daß sie ein neues Kleid trug, welches ihre Gestalt überaus vorteilhaft zur Geltung brachte und sie geradezu verführerisch erscheinen ließ. Die Blicke, die von allen Tischen auf sie zuschossen, das leise berauschte Gehaben des Modemalers Warinski, die strahlende Eleganz dieser im Dufte schwerer Zigaretten und exotischer Wohlgerüche schwelgenden und buhlenden Gesellschaft, das unterdrückte, sinnliche Lachen der Frauen, vermengt mit dem schmeichelnden Rhythmus einer entfernten Musik, – die ganze bezwingende Macht von Reichtum, Leichtsinn und Sinnlichkeit dieser gefährlichen Stadt kreiste in wilden Wirbeln in seinem Blut. Er drückte sich dicht an Lisaweta, so daß er jede Bewegung ihres Körpers durch die Kleider hindurch an seiner Seite fühlte, er preßte ihren Arm in den seinen und verwünschte den beständig schwatzenden Maler Warinski, der nicht von ihrer Seite ging und auch richtig den heißersehnten Abschiedskuß verhinderte.

Müde, verbraucht und zerschlagen, fand sich Peter Iwanowitsch am Ende wieder in seiner Kammer, und selbst der zögernde, späte Schlaf jagte einen Wirbel von Bildern durch sein zuckendes Gehirn, – – Berge im ewigen Schnee, – – rotglühende Wolken im Sonnenuntergang, – und plötzlich vom Brande einer Stadt, – – Lisaweta – ruhig lächelnd – zurückgelehnt, – die Augen geschlossen, – – ein Bild des ahnenden, herben Vorfrühlings – –, mit einem Male sank das Kleid von ihr, das ihre Formen schmeichelnd umfloß, und Iwan Warinski malte gierig all die ungeahnte Schönheit auf eine riesige Leinwand, wobei die Herren und Damen im Café zusahen und einander auf die Einzelheiten an Lisawetas Gestalt aufmerksam machten – –. Da warf Iwan Michailowitsch mit einem zornigen Fluch die Leinwand um, – – alles verschwand, – – und Peter sah Iwan in aufgeregter Hast neben dem sonderbar schweigsamen Dr. Léon Martynow einen langen, dunklen Gang unter einer Festung entlang laufen, die sie in die Luft sprengen wollten. Plötzlich trat ihnen der Metalldreher Sergej Fedorowitsch Panin entgegen und hob beschwörend die Arme, – – aber schon war es zu spät, – alles zerbarst in Rauch und Feuer, – – und als Peter Iwanowitsch zitternd und schweißbedeckt aus dem Traum in die Höhe fuhr, da war es ihm, als höre er ein leises, wimmerndes Kinderweinen durch die schwere, schwarze Nacht herauf.

*

Im Jänner verhaftete die Polizei den Schnapswirt am Sabalkanski-Prospekt, die Kellnerin und einige Gäste.

Die beiden Männer, die sich so lange belauert und einander für sehr gefährliche Anarchisten gehalten hatten, waren endlich daraufgekommen, daß sie beide der geheimen Polizei angehörten; voll Zorn über ihre vergebliche Komödie verklagten sie nun den Wirt und alle Gäste, die sie kannten. – Das Zimmer mit den zwei Betten gab keinen Anlaß zu irgend welchem Verdacht.

»Diesmal hatten wir Glück«, sagte Iwan Michailowitsch.

»Wird er uns nicht verraten?« fragte ängstlich der Sohn des zur Qual erkorenen Volkes.

»Freilich würde er das,« lachte Iwan, »wenn wir uns ihm vorgestellt hätten. Jedenfalls müssen wir vorsichtig sein – –.«

»Und schnell zur Tat schreiten, im Namen der Freiheit!« gröhlte mit heiserer Schnapsstimme der rotbärtige »Mann des Volkes«.

»Sst! Sst!« tönte es von allen Seiten, »nicht so laut!«

Man war wirklich sehr vorsichtig geworden.

Die seltenen Zusammenkünfte gingen nunmehr in einem Privatzimmer der Altstadt vor sich, das dem Lokal an der Bahn draußen durchaus ebenbürtig war und ebenfalls mit einer nahegelegenen Destille in loser Verbindung stand. – Der neue Polizeiminister war nach wie vor Hauptgegenstand der wildesten Angriffe und Drohungen.

Abgesehen von der Aushebung des verrufenen Winkels am Sabalkanski-Prospekt, die Peter Iwanowitsch im geheimen vollkommen billigte, schienen jedoch auch ihm die Verordnungen dieses gehaßten Mannes weniger kluger Überlegung und ehrlichem Willen entsprungen, als vielmehr überall den tyrannisch böswilligen, tückischen Charakter eines Menschen zu verraten, der die Macht in seinen Händen mit perverser Lust zur Qual anderer mißbrauchte. Trunksucht, niedrige Erpressungen an Frauen, rohe Drangsalierung seiner nächsten Umgebung, sowie hundert andere Züge häßlicher Feigheit und Rachsucht, die man sich von ihm erzählte, ergaben ziemlich restlos das Bild eines bösen, gewalttätigen Neurasthenikers, der in der Tat durch Stellung und Einfluß seiner Sache eher gefährlich als nützlich sein mußte.

Peter Iwanowitsch dachte ungern an diesen Mann, dessen Bild ihn jedoch überall verfolgte. Mochte er mit Jelisaweta vom kommenden Frühling und der Reise in die Berge sprechen oder mit Iwan Warinski, der nun schon einige Kopfskizzen nach ihr gezeichnet hatte, die Ausfüllung dieses Bildes für den nächsten Herbst ansetzen, immer hieß es: »Ja, wenn er uns bis dahin noch leben läßt –« oder »Wenn wir noch in Freiheit sind –«, und waren diese Worte auch lächelnd und leicht gesprochen, so fielen sie Peter doch schwer auf das Gemüt, und das drohende Bild des Vielgehaßten quälte ihn wie eine Zwangsvorstellung.

An einem der ersten Tage im Februar rief Iwan Michailowitsch die Freunde wieder einmal zusammen. Gleich beim Betreten des Zimmers fiel es Peter Iwanowitsch auf, daß nur wenige, und zwar nur die anwesend waren, welche man allenfalls ernst nehmen konnte. Außer ihnen waren drei oder vier Fremde da. Die Schnapsgläser auf dem Tisch fehlten heute.

Nachdem Iwan Michailowitsch die Tür abgesperrt hatte, ging er schlankweg auf sein Ziel los. Auf die Fremden weisend erklärte er kurz, daß die Brüder in Warschau, Kiew, Odessa und Moskau einig mit ihnen zum gleichen Entschluß gekommen und bereit seien, den Tyrannen zu beseitigen, wenn *sie* das Los treffe.

»Und jeder von uns wird es tun, wenn es auf ihn fällt. Das sollt ihr mir schwören, wie ich es euch gelobe.«

Er hielt ihnen die Rechte hin und sie schlugen ein.

Jelisaweta Isaéwna lächelte ruhig Peter Iwanowitsch an, der blaß und wortlos seine Hand auf ihre legte. Ihm war es, als stünden sie vor dem Priester. Néhémie Ssemenowitsch, der Sohn des zur Qual erwählten Volkes, zitterte stark.

»Du brauchst nicht zu schwören –«, sagte Iwan Michailowitsch.

Da aber flammte die Wut und der Schmerz des Verstoßenen auf in den Augen des unstäten Juden, und zum ersten Mal war etwas von Größe an ihm, als er zornig rief: »Ich *will* dazu gehören!« und seine Hand fest in jene Iwans senkte.

Der Maler Warinski schüttelte die Hand des Freundes, als beglückwünsche er ihn zu einer Eroberung.

»Wir müssen wieder ein wenig nachhelfen, was?« sagte er lachend. –

»Für Léon Martynow bin ich Bürge; er konnte nicht bis heute bleiben«, sagte Iwan Michailowitsch zuletzt, als auch die vier Fremden geschworen hatten. Dann gingen sie alle einzeln und ruhig, wie sie gekommen waren. – – –

Peter Iwanowitsch fühlte einen Druck im Gehirn, als er scheu und schneller als sonst durch die engen Gassen der Altstadt schritt, die schmutzigen Kanäle entlang, über die noch Holzbrücken führten.

Er wähnte sich verfolgt und war zugleich unwillig über seine Angst. Dann hörte er doch wieder voll Unruhe auf die Schritte hinter sich, die ihm schon eine ganze Weile nachgingen. Ohne es zu wollen, eilte er immer schneller an den hohen uralten Häusern hin und gleich schnell schlugen die Stiefel hinter ihm auf das Pflaster. Er wagte nicht umzusehen. Siedende Hitze stieg ihm in die Schläfen, – – der Schweiß stand auf seiner Stirne, – – jetzt fühlte er seinen Verfolger dicht auf den Fersen, – – alles Blut krampfte nach seinem Herzen, als er eine feste, schwere Hand auf der Schulter spürte und zugleich eine Stimme hörte: »Bist du es denn wirklich, Väterchen?«

Halb ohnmächtig, wie durch einen Nebel, sah er Sergej Fedorowitsch Panin, den Metalldreher, neben sich.

»Was läufst du, wie ein Mörder?« lachte Sergej, »man holt dich ja kaum ein«.

»Wie? – was? ja so,« stammelte Peter, »bin ich gelaufen? – Ich konnte ja nicht wissen – –. Ach ja – – das hier ist ja die Gasse –.«

Sergej Fedorowitsch sah den Freund voll Sorge an.

»Wo bist du immer? Hast du uns schon ganz vergessen, Väterchen? Und wie schlecht du aussiehst, – – fast nicht zu erkennen –.«

»Wie?« fragte Peter, »sah ich dich nicht neulich –? Ach nein, das habe ich bloß geträumt, ja und dann hörte ich ein Kind weinen – –.«

Sergej schien froh überrascht.

»Hast du das auch geträumt?« rief er lustig, »das mit dem Kind?«

»Ich weiß nicht, – – ich hörte es ja bloß wimmern –.«

»Ja, ja,« sagte Sergej, »das wird es schon gewesen sein. Vor zwei Wochen, nicht wahr?«

»Es ist schon länger her –.«

»So? Na das tut nichts. Du hast es eben vorausgehört. Ein Prachtjunge ist es geworden, den ich damals am Ostertag erschaffen habe und den mir meine gute Xena vor vierzehn Tagen in die Wiege legte. Peter haben wir ihn getauft, denn weißt du, Väterchen, damals an jenem Ostertag da war sehr viel von dir in mir. Weißt du noch, wie wir den Schnapsteufel ertränkten, drüben aus der Wassiljewski-Insel? Er ist endgültig tot. – Und dann erzähltest du vom Herrn und seinen Jüngern und vom armen Judas Ischariot, der die Großen dieser Erde morden wollte, anstatt die Freiheit im eigenen Herzen zu suchen. Das hast du so schön gesagt. Ich habe mir's gut gemerkt. Was hast du denn, Väterchen?«

»Nichts – – nichts –«, sagte Peter. Die Worte Sergejs schnitten wie schartige Messer in sein Herz. Er hätte vor ihm niederknien mögen in Scham und Reue.

Sergej Fedorowitsch schob seinen Arm unter den Peters.

»Es ist gut, daß ich dich treffe«, sagte er geheimnisvoll. »Mir geht da eine Sache viel im Kopf herum. Vor einigen Tagen kommt ein Kerl in meine Werkstatt; fast hätte ich ihn nicht erkannt. Als kleine Jungen spielten wir mitsammen. Dann verkam er immer mehr. Ja, der Schnaps! Ich erschrak, als ich den Burschen sah mit seinen roten Bartstoppeln und den verquollenen Augen und allen Krankheiten im Gesicht. So hätt' es mir gehen können, dachte ich, hätte ich nicht zur rechten Stunde Peter Iwanitsch gefunden, – – und meine Xena, nun ja, auch sie. Dem da war eben keines von beiden begegnet.«

Peter horchte gespannt und angstvoll; er hatte den »Mann des Volkes« sofort erkannt.

»Nun ja; also der rote Kerl redet so hin und her, schaut sich die ganze Werkstatt an, jede Zange, jeden Schraubstock, und schließlich kommt es heraus, daß er mich zu einer ganz verfluchten Sache haben will. Ich sollte ihm so ein Ding drehen, eine Eisenbüchse, die er dann füllen wollte, bevor er sie einem großen Herrn vor die Lackstiefel warf. Was sagst du, Väterchen?«

»Was hast du getan?« fragte Peter mühsam atmend.

»Nun, nun, erschrick nicht gleich,« beschwichtigte ihn Sergej Fedorowitsch, »ich dachte an dein Wort über Judas Ischariot: ›Die Freiheit beginnt nicht beim Morde der Großen‹ – und warf den Kerl hinaus.«

»Hast du ihn der Polizei angezeigt?« fragte Peter schnell.

»Hätte ich es tun sollen? Er tat mir leid, so jämmerlich wie er aussah – und auch wohl drinnen war; denn wer so was tun will, der ist doch arm –. Ich ließ ihn laufen.«

»Ja – du hast recht getan, – – Sergej Fedorowitsch, – – ja – es war gut so.«

Peter Iwanowitsch rang nach Luft, er war am Ende seiner Kräfte.

»Die Bombe habe ich natürlich auch nicht gedreht«, fügte Sergej noch lächelnd hinzu.

»Ja, du hast ganz recht getan –,« wiederholte Peter, »gib deine Hand niemals zu solchen Dingen her – – niemals –!«

»Wo denkst du hin, Väterchen?«

»Nun muß ich fort,« sagte Peter, dem die Gesellschaft des ehrlichen Burschen auf der Seele brannte, »ich habe noch sehr viel Arbeit –.«

»Du arbeitest wohl zu viel mit dem Kopf,« sagte Sergej Fedorowitsch treuherzig, »davon wird man bleich und müde. Willst du nicht wieder einmal zu uns kommen?« fragte er schüchtern, »sie würden sich alle vom Herzen freuen; auch Xena und der kleine Petruscha Sergejewitsch, den du schon im Schlafe schreien hörtest.«

»Ja, Sergej, ja, – vielleicht komme ich wieder, – – vielleicht komme ich noch einmal wieder – – –.«

Damit schieden die beiden.

Sergej Fedorowitsch ging nach seiner Werkstätte zurück, beruhigt in seinem Gewissen dem Roten gegenüber, besorgt in seinem treuen, einfachen Herzen um das Wohl seines Meisters, der ihm seltsam verstört erschienen war.

Peter Iwanowitsch aber flüchtete vor den furchtbaren Stimmen seiner zermarterten Seele in das dichtgefüllte Café am Newski-Prospekt, wo er in den schmeichelnden Wolken und Klängen unterging und in der alle Sinne bannenden Gegenwart Lisawetas, neben dem befreiten Iwan Michailowitsch und dem frohen Künstler Warinski sich selbst und die schweren Ketten vergaß, die ihn und alle diese mit einer neuen Windung unwiderstehlich, unerbittlich umklammerten.

*

Iwan Warinski war fleißig am Werk.

Der »Vorfrühling« stand im Entwurf bereits auf der Leinwand, als auch draußen schon allenthalben die leeren Bäume mit feinnervigen Zweigen ahnend nach den ersten Sonnenstrahlen tasteten und das Eis der Newa brach. So konnte der Maler nach der Natur die weite, herbe Landschaft skizzieren, vor welcher Lisaweta auf einer Rasenbank ruhend gegeben war; ein weiches, loses Gewand floß in schönen Falten über die schlanken Glieder, mit geschlossenen Augen war das Haupt mit den schweren, dunklen Haaren auf einen Arm zurückgelegt, während sie den anderen, wie im Halbbewußtsein des ersten Erwachens leicht erhoben von sich streckte. Der angestrebte Eindruck halber Abwehr, dämmernder Ahnung und traumhaft keimender Sehnsucht war schon in der Skizze in einem Grad erreicht, der dem vollendeten Gemälde die stärkste Wirkung in sichere Aussicht stellte.

»So um Ostern werden wir's haben,« sagte Iwan Warinski, »wenn ›er‹ uns leben läßt – –.«

Der Hinweis auf den Polizeiminister gerade in diesem Zusammenhang störte Peter Iwanowitsch ganz besonders. Mußte das immer sein? Er brauchte eine Weile, um die aufsteigende Bitterkeit mit dem Gedanken an den nahenden Frühling zu überdecken.

Ja, dieser Frühling! Noch keinen hatte er so ungeduldig, so bang ersehnt. Da würde das Bild vollendet sein – dieses hier – und noch ein anderes: Er würde die Geliebte entführen, – fort aus dieser Welt lastender Ketten –, hinauf in die reine, strahlende, einzig echte Freiheit seiner Berge. Jetzt, da das Eis zerbrach, kam es wieder mit der ganzen, lange niedergehaltenen Wucht über ihn, das Heimweh nach einfacher Reinheit. Und weil in diesem Frühling so große Erfüllungen seiner warteten, deshalb glaubte er auch die quälende, bange Furcht zu verstehen, die in einsamen Stunden sein hungerndes Herz beschlich. Er fieberte dieser Zeit entgegen, wie ein Krieger dem Entscheidungskampfe. –

*

»Es ist uns zugefallen. Wir müssen es tun. Am Ostertag nach dem Gottesdienst. Nie haben wir diese Gelegenheit wieder.«

»Wir müssen ihn ermorden? –« fragte Néhémie Ssemenowitsch mit leisem Schauder, während seine Augen gierig flackerten und rote Flecken auf seinen Wangen entstanden.

»Was für schwere Worte!« bemühte sich Iwan Michailowitsch leichthin zu erwidern, »der Herr Minister muß seines Amtes enthoben werden. Und da er von selbst nicht geht und der Zar es nicht tut, so müssen wir es unternehmen. Das wissen wir doch schon lange. Es handelt sich nur noch um das Wann und Wo. Das ist nun auch klar.«

»Und wer –?« fragte wieder der Sohn des zum Leiden bestimmten Volkes.

»Wir wollen das Los werfen«, entschied Iwan Michailowitsch.

Peter Iwanowitsch Karugin wußte vom ersten Augenblick an, daß es nur ihn treffen konnte. Das also war das Gespenst seiner bangen Nächte –. Lächelnd nahm er die kleine Karte, auf der sein Name stand, aus der Hand Iwans, während der Maler Warinski die übrigen Namentäfelchen rasch aus der Schale holte, in den Ofen warf und ihre Glut zerstampfte. Es ging Peter durch den Sinn, daß recht gut auf jeder Karte sein Name gestanden haben könnte. Warinski hatte sie geschrieben; niemand hatte sie vor oder nach der Entscheidung gelesen.

Lächelnd nahm Peter Iwanowitsch die Gratulationen der Freunde entgegen. Warinski schüttelte ihm besonders warm die Hand.

»Der Vorfrühling ist der Vollendung nahe –,« sagte er, »nicht wahr, Lisaweta?«

Die Vertraulichkeit der Anrede und der Blick, mit dem der Maler die Freundin streifte, waren Peter nicht entgangen. Er lächelte; auch als ihm Iwan Michailowitsch genau Stunde und Ort bezeichnete, wo er am Vortag die Bombe erhalten würde und ihm bis in die kleinste Einzelheit die Ausführung der Tat klarlegte, auch da lächelte Peter Iwanowitsch ins Leere und nickte nur zuweilen, wenn Iwan nach seinem Verstehen fragte.

*

Eine Woche trennte ihn noch vom Ostertag.

Seine Seele war in seltsamer Bewegung; die schwere Last war verschwunden, er sprach fast kein Wort mit den Freunden, die stets um ihn waren und ihm jeden Wunsch von den Augen lasen; er lächelte den Bildern zu, die vor seinen Sinnen schwebten: Berge im glitzernden, reinen Schnee, Herdenglocken und Heimatlieder und im offenen Himmel das goldene Gotteslicht.

Er war still und ohne Verlangen. – –

*

Am Abend vor der Tat traf er am verabredeten Ort Iwan Michailowitsch, der ihm noch einmal seine Obliegenheit, wie er sich schonend ausdrückte, genau erklärte, bemüht, dem Ganzen jede Schwere zu nehmen, als handle es sich um das Einüben einer Rolle zu einem bevorstehenden Theaterabend. Wie von ungefähr drückte er dem Freund mitten im Gespräch eine unscheinbare, grobgearbeitete Blechbüchse in die Hand.

»Nicht fallen lassen!« sagte er nebenbei, als hätte er ihm ein Osterei geschenkt.

Peter Iwanowitsch fühlte das kalte Metall in seiner Hand brennen. Er warf einen scheuen Blick auf die Bombe.

»Sergej Fedorowitsch hätte sie feiner gedreht –«, ging es unwillkürlich durch den Sinn. –

Iwan Michailowitsch verließ den Freund vor der Wohnung Iwan Warinskis, wo Peter noch an diesem Abend das fast vollendete Vorfrühlingsbild ansehen wollte.

Er steckte die Blechbüchse in die innere Manteltasche und stieg langsam die wohlvertraute Treppe zum Atelier hinauf, das wegen des Lichtes im höchsten Stockwerk lag. Ohne zu läuten trat er ein und fand sich allein in dem großen, dämmernden Raum, der mit dem üblichen Durcheinander von Staffeleien, leeren und bespannten Keilrahmen jeder Größe, Tüchern, Stühlen und anderen Modellrequisiten und Malgeräten angefüllt war, worüber der bezeichnende Mischgeruch von Fixativ und Ölfarbe schwebte. Die Tür zum Nebengemach stand offen, aber erst als Peter einige Schritte gegen die große Staffelei machte, die mit dem Vorfrühlingsbild in der Mitte des Raumes stand, erschien der Maler Warinski im Türrahmen und begrüßte laut und herzlich den Ankömmling, der still versunken das Gemälde betrachtete.

»Hab' ich sie nicht fein herausgekriegt?« rief er, »noch eine oder zwei Sitzungen und die Geschichte ist reif, mich noch unsterblicher zu machen, als ich schon bin«, und in leicht schwankendem Ton fügte er hinzu:»Wir haben eben eine kleine Arbeitspause gehalten – –.« Dabei warf er einen schnellen Blick nach der Tür hinüber, aus der er gekommen war, und in deren Rahmen nun plötzlich Lisaweta lehnte, so daß sich ihre Silhouette in stumpfen Umrissen vom grauen Hintergrund abhob.

»Gefällt es dir?« fragte sie herüber.

Peter Iwanowitsch antwortete nicht gleich. Er wußte, daß Iwan Warinski wegen der Lichtverhältnisse nur am Vormittag an diesem Bild arbeitete; keinesfalls in der Dämmerung.

»Nun, was sagst du?« fragte Iwan, als Peter noch immer schweigend auf das Bild schaute.

»Es ist – – sehr gut –«, antwortete er schließlich langsam und abwesend.

Jelisaweta Isaéwna trat näher und sah gleichfalls auf das Bild.

»Nun hat uns die gütige Exzellenz doch noch so lange leben lassen,« lachte Warinski, »dafür wollen wir uns auch dankbar zeigen, was?« und er stieß Peter leicht in die Seite, etwas tiefer als sich die Blechdose in der Tasche befand.

Peter Iwanowitsch sagte nichts; er hatte ein fernes Sausen und Dröhnen in den Ohren und seine Knie wankten ein wenig.

»Nimm es nur nicht schwer,« sagte Warinski, indem er ihm auf die Schulter klopfte, »morgen um diese Zeit ist alles vorüber.«

Peter wandte sich.

»Ich will jetzt gehen«, sagte er ohne Leben in der Stimme.

Ohne umzusehen schritt er nach der Tür. Es war ihm, als sinke er tiefer und tiefer in ein rauschendes, eigentümlich summendes Element. So mochte es sein, wenn man auf dem Boden des Meeres ging.

Er sah nicht, wie Jelisaweta Isaéwna ihm langsam folgte, als zöge er sie in magischem Bann hinter sich nach, sah nicht, wie Iwan Warinski sie am Handgelenk packte und wie sie sich seinen klammernden Griffen entrang. Wie aus weiter Ferne hörte er noch Warinskis Stimme:

»Nimm es nicht zu schwer – –«, und während er langsam und tastend die vier Treppen hinabstieg, merkte er kaum, daß Lisaweta an seiner Seite blieb.

Schweigend gingen sie durch das Gewirr der Straßen und Gassen, über Plätze und Brücken, indes der Frühjahrswind schwere, nasse Wolken über den eigentümlich lichten Abendhimmel trieb.

Jelisaweta Isaéwna ging ruhig im gleichen Schritt neben Peter Iwanowitsch her.

Er sah mit keinem Blick nach ihr, sprach kein Wort, aber er hörte das Knistern ihres Gewandes und den ruhigen Takt ihrer Schritte. Es war ihm, als müsse er die Hand nach ihr ausstrecken – um sie zu kosen oder zu schlagen –, um sie an sich zu reißen oder zu erwürgen – –, er wußte es nicht.

Als sie zugleich mit ihm sein Zimmer betrat, zuckte der Gedanke in ihm auf, daß sie noch nie hier gewesen war. Er drehte sich plötzlich um und sah ihr zum ersten Mal an diesem Abend in die Augen. Sie hielt seinen Blick ruhig aus.

»Warum sprichst du nicht?« fragte er trotzig.

»Ich habe dir nichts mitzuteilen«, sagte Lisaweta in leise singendem Ton.

»Weshalb bist du dann mitgekommen?« fragte Peter.

Sie trat auf ihn zu und legte ihre Hand leicht auf seinen Arm.

Peter Iwanowitsch zuckte unter der Berührung; er wollte sich dagegen wehren, fand aber nicht die Kraft dazu.

»Lisaweta – –,« knirschte er, den Tränen nahe, »Lisaweta, warum tust du mir das – –?«

»Was denn, Petruscha?«

Er sah sie mit großen, weit offenen Kinderaugen an.

»Du – du bist seine Geliebte –«, stammelte er.

»Nein«, sagte sie ruhig.

»Aber – du wärst es geworden – –, wenn ich nicht gekommen wäre –.«

Lisaweta streichelte weich und begütigend über seine Haare und sagte nach einer Weile:

»Du bist ja gekommen – – mein Petruscha – und ich bin mit dir gegangen – –.«

»Ja – – aber –.«

»Frage nicht – ich bin bei dir.«

Und sie fiel vor ihm nieder und preßte sich an ihn und schluchzte:

»Halt mich fest – – ich bin zu dir geflohen –! Halte mich fest –!«

Verwirrt und ratlos über diesen ganz unerwarteten Ausbruch zog er sie in die Höhe, und während sie ihn mit beiden Armen wild umschlang und den Kopf an seine Schulter drückte, wiederholte sie immer wieder ihr rettungsuchendes, leidenschaftliches:

»Geh nicht von mir! Halte mich fest! Ich bin geflohen zu dir – zu dir –!«

Er küßte sie auf Stirn und Haar, und es fiel ihm kein Wort ein, das er ihr hätte sagen sollen. Das alles war so unerhört, so unwahrscheinlich. Noch nie war ihm Lisaweta um den Hals gefallen, nie hatte sie ihre Ruhe verloren, nie Leidenschaft verraten. Und jetzt schoß eine glühende Welle von ihr zu ihm, eine zuckende, heiße Flamme hüllte sie beide ein. Er fühlte, wie das Blut in ihrer Brust pochte, fühlte ihren Atem und die Wärme dieses langersehnten Leibes.

Da loderte es auch in ihm auf, und er riß an seinen Ketten.

»Komm mit mir –,« flüsterte er dicht an ihrem Ohr, indem er sie fester an sich drückte, »komm! Jetzt! Noch in dieser Nacht –, in dieser Stunde – –. Keiner soll uns finden – –. Niemand kann uns holen aus meinen Bergen –.«

Sie antwortete mit keinem Wort, mit keiner Bewegung.

»Komm mit mir – –, komm – Lisaweta –. Niemand findet uns – – .«

Sie löste ihre Arme und sank kraftlos in einen Sessel.

»Wir haben geschworen –«, sagte sie dumpf.

»Nicht nur dem Haß, sondern auch der Liebe –.«

Da sagte Lisaweta langsam und traurig:

»In uns allen war einmal nichts als Liebe, und was wir wollen ist Liebeswerk. Daß wir diesen Weg gehen müssen, ist nicht unsere Schuld. Aber wir müssen.«

Dann stützte sie den Kopf in die Rechte und schwieg.

Peter Iwanowitsch nahm die Blechbüchse aus der Tasche und legte sie auf den Tisch. Wieder dachte er an Sergej Fedorowitsch, der mit Liebe am Werk war und schöne Gegenstände schuf; dieses Ding hier war ungeschickt und häßlich gemacht, verbeult und kantig; er haßte es wie alles, was damit zusammenhing. – Da hörte er Jelisaweta Isaéwna sagen:

»Glaubst du denn, es wäre jetzt noch möglich? Du kannst keinen Schritt aus diesem Hause machen, der nicht gesehen und bewacht wird.«

»Wer sollte – –?« fragte Peter voll Schreck.

»Alle – alle, die geschworen haben.«

Da ächzte er wieder, da stöhnten sie beide unter den harten Ketten.

Zornig und sinnlos stemmte er sich noch einmal dagegen. Er nahm die Bombe vom Tisch und wog sie in der Hand.

»So werfe ich dieses Ding hier auf den Boden –,« knirschte er, »dann haben sie ihr Opfer – –.«

Jelisaweta blickte auf; es war so dunkel, daß sie sein Gesicht kaum sehen konnte. Sie nahm ruhig seine Hand, und es war wieder das leise Singen in ihrer Stimme:

»Das darfst du nicht. Wir dürfen keine Heimat haben, nicht einmal diese. Du lebst jetzt in den glühenden Herzen all der Tausende, die auf morgen warten, der Millionen, die deine Tat der Freiheit nähert. Was sind wir? Was ich und du und unser enges Glück – –?«

Peter Iwanowitsch fuhr sich mit der Hand über die fiebernde Stirn, seine Brust ging schwer, als er die Bombe zögernd wieder auf den Tisch legte; und Jelisaweta Isaéwna küßte seine Hände, ehe sie ihn umschlang und zurücksank, ehe Gott und Welt im roten Brande dieser Nacht vergingen.

*

Mit dem grauen Tag erwachte Peter Iwanowitsch. Jelisaweta Isaéwna schlief ruhig an seiner Seite. Versunken in den Anblick ihrer Schönheit sah er sie eine lange Weile an, dann küßte er vorsichtig eine Träne von ihrer Wange. Die Morgendämmerung zog ihre Schleier durch den Raum. Der Blick des Halberwachten fiel auf den merkwürdig buckligen Gegenstand auf dem Tisch; matte Lichter lagen auf dem stumpfen Metall. Es schien ihm, als säße eine Kröte dort und glotze ihn mit zwinkernden, bösen Augen an. Ihn fröstelte. Behutsam glitt er vom Lager und kleidete sich an.

Lisaweta erwachte, sah scheu nach Peter hinüber, barg ihren Kopf im Kissen und weinte leise. Er trat heran und küßte sie auf das offene Haar.

»Weine nicht, Lisaweta – –,« sagte er, »weine nicht – –«, und indem er fortfuhr, ihr übers Haar zu streichen, kam ihm kein anderes Wort in den Sinn, als dieser schwache, nichtssagende Kindertrost.

So saß er am Bettrand eine schwere, lange Stunde, indes der Morgen draußen träge über die Dächer kroch.

Gedanken verbohrten sich in seinem Hirn und wie herbeigezaubert standen sie alle vor ihm, von denen er wohl gehört oder gelesen hatte, daß ihnen der Pfeil des Schicksals in die Schwungsehne gefahren war. Groß, unfaßbar groß war das Leid der Welt, größer und härter der Schmerz einer einzigen Brust.

In dieser Stunde aber stemmte er sich nicht mehr dagegen. Wie das Weib, das hier leise und schmerzvoll weinte, beugte nun auch er den Nacken, und beide gingen schuldig verkettet und vermieden jeder des andern Blick.

*

Die Vorsicht, mit der er auf der Gasse nach jeder Bewegung spähte, war ihm durch die Übung der letzten Monate natürlich und selbstverständlich geworden. Er fand nichts Verdächtiges. Es ahnte wohl kein Mensch, was er da unter seinem schottischen Mantel trug. Beinahe machte es ihm Vergnügen, den Leuten keck in die Augen zu schauen und ganz flüchtig bekannte Personen laut und freundlich zu grüßen. Lisaweta, die nicht von seiner Seite ging, verwies ihm diese Unvorsichtigkeit.

»Bist du toll?« fragte sie, »müssen dich alle sehen?«

»Laß doch!« antwortete er gereizt, »es macht mir Spaß –.«

Er empfand eine Lust daran, ihr zu widersprechen; er hätte sie quälen mögen. Etwas wie Rachsucht bäumte sich in ihm gegen sie auf, und als Iwan Warinski plötzlich auf der andern Straßenseite auftauchte und herübergrüßte, winkte ihm Peter zu und rief laut des Malers Namen, so daß alle Leute nach beiden schauten, bis Warinski plötzlich in einer Seitengasse verschwand.

»Was fällt dir ein –?« sagte Lisaweta.

Er sah sie schnell von der Seite an.

»Das Frühlingsbild – – gestern –«, gab er feindselig zurück.

Sie schwieg.

»Ist heute wieder Sitzung –?« fragte er.

»Morgen erst –«, sagte sie ruhig.

Peter Iwanowitsch lachte kurz und hart auf. –

Als sie an der Marinski-Oper vorbeikamen, stand eine Gruppe von Herren und Damen fröhlich plaudernd vor einer Tür des Theaters. Es waren deutsche Sänger und Sängerinnen, die hier eine Reihe von Vorstellungen gaben, wie grelle Maueranschläge verkündeten.

Peter Iwanowitsch las die Titel der Opern, die Namen der Darsteller und sah nach den lachenden Mimen hinüber. Plötzlich faßte ihn eine ungeheure Sucht, Kunst zu erleben, sich von ihrer Macht entführen zu lassen, ihren befreienden Zauber zu spüren. Die Sache, der diese Deutschen dienten, barg vielleicht hundert Wege aus der Wirrnis, in die er verstrickt war, hundert Möglichkeiten, die drückenden Ketten zu sprengen. – Und nicht nur diese Menschen – – jeder – jeder, den er sah, der Arbeiter, der dort den Karren schob, die Soldaten da neben ihm, die jungen Leute, die lachend spazieren gingen – –, sie alle wußten ihren Pfad und fanden die offenen Tore – –. Wo waren sie? – Wo?

»Wir müssen weitergehen –,« hörte er Lisaweta neben sich sagen, »es wird zu spät.«

Er preßte die Zähne aufeinander, um nicht laut gegen sein Joch zu stöhnen, und ging mit gesenktem Haupt, wie ein Verurteilter zur Richtstätte.

Nun haßte er das Weib an seiner Seite, mit glühender, feindseliger Leidenschaft haßte er jetzt Lisaweta Isaéwna. – –

*

Der Wagen des Polizeiministers mußte den Kai entlang und an der Troitzki-Brücke vorbeikommen. Die Stelle, welche Iwan Michailowitsch ausgesucht hatte, befand sich ungefähr dem Brückenkopf gegenüber, so daß Peter Iwanowitsch Brücke und Kai weithin überblicken konnte und den Wagen schon aus der Ferne herankommen sehen mußte.

Die Straßen waren voll Menschen; festlich befreit sahen sie heute aus und hatten viel versteckte Lust in Gang und Blick.

Drüben auf der flachen Insel schwamm die Peter-Paul-Festung wie auf einem Riesenfloß im blinkenden Wasser der Newa.

Peter konnte den Blick nicht von der Zwingburg wenden. Ein Bild stieg plötzlich aus dem Halbdunkel einer fernen Erinnerung empor:

Es war nun ein Jahr her, daß er hier in die sinkende Sonne gesehen hatte und die Newa blutig rot leuchtete. – Und dort drüben auf der Brücke, wenige Schritte vor ihm, hatte sich klar und tief ein Schatten vom roten Himmel gezeichnet, der hohe, schlanke Schatten einer Frau, die er nicht kannte –, die im Glühen der Wolken zerstörende Flammen sah, während er Gott darin fand.

Und nun –? Kannte er jetzt diese Frau?

Eine Heimat wollte er der Beraubten geben –, und sie nahm ihm seine; aufbauen hatte er wollen – und mußte zerstören und wurde zerstört.

Wie? Mußte er? Niemand wußte, warum er hier stand, auf wen er wartete – –, er war ein Spaziergänger, wie alle andern –, und konnte da drüben von der Brücke eine alte Blechbüchse ins Wasser fallen lassen – –, wer würde was daran finden –?

Vorsichtig nahm er die Bombe aus der Tasche, behielt sie in der rechten Hand unter dem Mantelkragen und machte einen Schritt gegen die Brücke; da fühlte er Lisawetas Hand auf seinem Arm –, leicht und doch merkwürdig fest –; zugleich bemerkte er, wie Néhémie Ssemenowitsch, der Sohn des gequälten Volkes, der auch dazu gehören wollte, auf der andern Straßenseite stand und ihn heimlich aber unausgesetzt beobachtete; in der Ferne glaubte er Iwan Michailowitsch zu erkennen – –, da blieb er und wartete.

Seine Sinne arbeiteten mit der größten Schärfe, völlig mechanisch, ohne daß er sie in irgend eine Richtung hätte zwingen können. Er sprach kein Wort, er dachte auch gar nichts. Dabei folgten seine Augen wie gebannt jeder Bewegung des langen, blonden Polizeisoldaten, der ihm gegenüber langsam und gleichmäßig auf und ab ging, stehen blieb, in die Newa schaute, sich den Schnurrbart strich und wieder weiterschlenderte. Es mochte ein gutmütiger Bursche sein, der sich in der blank geputzten Uniform zwar sehr stattlich, aber wenig behaglich vorkam. Dieses Widerspiel seiner Gefühle glaubte Peter deutlich zu sehen.

Wie würde der brave Kerl erschrecken, wenn es nun plötzlich krachte, während er alles in bester Ordnung geglaubt hatte.

Bei dem Gedanken daran fühlte Peter ein Prickeln in den Fingern, die die Blechbüchse umspannten. Nun beschäftigte ihn auf einmal die Vorstellung, wie es sein würde. Es waren viele Leute auf der Straße, und gerade an dieser Stelle blieben sie gern ein Weilchen stehen und schauten über das glitzernde Wasser nach der Festung hinüber; denn der Anblick hatte viel für sich. Wen würde es nun treffen? Es konnten viele sein. Wie viele etwa? Und wer? Eine Kinderfrau mit einem kleinen Knaben am Arm oder ein glänzender Offizier, eine stattliche Dame oder ein müder, gequälter Mensch, der just heute ein wenig in die Sonne ging – –?

An jeden dachte er –, nur nicht an den Einen, auf den er wartete, jeden, der vorüber war, pries er glücklich als einen dem Tode entgangenen. Nur der blonde, lange Bauernjunge im Polizistenrock blieb immer in der Nähe –, und er selbst –, und das stille Weib an seiner Seite, das diese Nacht sein gewesen war – – und nun fremd und gebietend die Hand auf seinen Arm legte, wenn er sich nur von der Stelle rührte – –.

Sie verriet die Liebe –, und er haßte sie deshalb. –

Pferde trappelten in der Ferne, ein Wagen rollte.

Der blonde Polizist streifte seine Handschuhe zurecht, rückte an seinem Mantelkragen und nahm genau Peter gegenüber Stellung.

Da zuckte ein Entschluß durch den Kopf des Lauernden: Ich werde den Wagen vorbeilassen und die Bombe nicht werfen. –

Er empfand eine wilde Freude daran, daß er nun doch am Ende Sieger blieb. Ein Fieber rieselte durch seinen Körper, sein Blut pochte in den Schläfen.

Als der Wagen nur noch zehn Schritte entfernt war, trat Peter I-wanowitsch vor, um den Mann zu sehen, an den er nie mehr gedacht hatte, seit er zu seinem Mörder bestimmt war. Er sah in ein braungelbes Gesicht mit eingekniffenen Augen und einem grauen Knebelbart.

»Vor mir bist du sicher –«, dachte er und warf einen kurzen, triumphierenden Blick auf Lisaweta, die dicht neben ihm stand.

Da aber fühlte sie seine Gedanken. Blitzschnell stieß sie ihn nach vorn und riß ihm den Mantelkragen weg, so daß jeder die Bombe in seiner Hand sehen mußte.

Ohne zu wissen, was er tat, als brenne es in seiner Hand, warf er das Ding von sich.

*

Im Morgengrauen fuhr der Eilzug über die Grenze. Zollbeamte in fremder Uniform betraten das Abteil, fanden alles in Ordnung, grüßten und gingen wieder.

Das grüne Licht der Wagenlampe verblaßte, die Gedanken zögerten im müden Hirn des Einsamen. Noch dachte er an die wilde Fahrt zur Bahn –, an seine Frage – –; auch Iwan Michailowitsch hatte ihm nichts weiter sagen können, als daß »alles gut ausgegangen« sei.

»Lache doch –!« hatte er gesagt.

Peter Iwanowitsch lehnte sich zurück und schaute wieder in die matte Lampe. Er fürchtete das Absterben des grünen Lichtes, in dessen ruhigem Schimmer er noch einmal dieses Jahr durchlebt hatte, seltsam klar und schmerzlich erkennend, daß eines Toren Herz der verläßlichste Faktor ist in der klugen Rechnung der Weltkinder.

Er fühlte ein Sterben in sich und empfand den grünen, zuckenden Funken als den letzten Schimmer einer Welt, die hinter ihm lag, wie das weite Land mit Berg und Stadt und Meer, in der es Lust und Schmerz gab und Hoffen, Wollen und Leben. Das alles verglühte wie das Licht hinter dem graugrünen, verschossenen Schirm, und wirklich blieb nur die leere Gegenwart im öden, harten Morgenlicht, die sinnlose Hast einer Maschine, die ihn da fliehend in ein fremdes, unerwünschtes Land hineinriß.

Erniedrigt und verraten von ihnen, die er geliebt hatte, ausgestoßen von denen, die einst an ihn glaubten, verhöhnt wohl und verlacht von jenen, für die er sich in die Schanze schlug –, das war er nun. Er sagte es sich immer wieder vor, mit immer härteren Worten, und verneinte in selbstfeindlicher Verbissenheit sich und den andern jede Entschuldigung. Ein Werkzeug war er, zu einem bestimmten Dienst geschliffen und gebraucht und nun abgenützt und weggeworfen. Sonst nichts. Und er war eitel genug gewesen, sich als Mensch unter Menschen zu wähnen! Er grub den giftigen Stachel in seine Brust, drehte ihn um in der brennenden Wunde und stöhnte vor Schmerz, bis ihm der Schlaf mit linder Hand über die heiße Stirn streifte. –

*

Der Zug hielt, und Peter Iwanowitsch erwachte mit jähem Schreck. Er sprang auf, erblickte in Dunst und Rauch Schornsteine und Dächer einer großen Stadt und fuhr sogleich vom Fenster zurück. Nun erst besann er sich, war ärgerlich über seine Angst und fühlte sofort wieder die bleischwere Last, die ihm der Schlaf kaum ein wenig hatte tragen helfen. Zugleich wurde es ihm bewußt, daß die Bewegung des hinrasenden Zuges ihm doch irgendwie wohlgetan hatte, wie eine Marter, an die man sich schließlich gewöhnt hat. Diesen Bahnzug empfand er dunkel als das einzige mitfühlende Wesen, das noch irgendwie mit ihm zusammenhing.

Aber nun stand die Maschine still –, so lange schon – –, wie lange noch? Wo? Was war das für ein Land? Welche Stadt war das? Er neigte sich zum Fenster. Eine graue, lange Bahnhofhalle, Plakate, Zeitungsstand, Büfett, schrille Glocken, ratternde Karren und hin und her laufende Menschen. Verwundert und fremd sah er in das Getriebe. Er hatte das Gefühl, daß keiner dieser Menschen wußte, wohin er wollte oder gehörte; sie liefen einander in den Weg, stießen sich und schimpften hintereinander her, lachten sogleich wieder und waren immer irgendwie überrascht oder empört.

Sein Blick fiel auf einen Mann mit blauer Jacke und roter Kappe. Er stand regungslos mitten im Getriebe, hatte die Knie ein wenig gebogen, und obgleich er sich nicht bewegte, war etwas leise Wiegendes in seiner Art zu stehen. Ein Bahndiener, ein Gepäckträger mochte es wohl sein, ein Mann aus dem Volke, ein Kind dieser Stadt. Er sah gut und dick aus, trank wohl gern und rauchte mit sichtlichem Behagen aus einer kurzen Hängepfeife mit weißem Steingutkopf. Den Frauen und Mädchen, die an ihm vorbeieilten, blinzelte er nach, und als ein junges Weib, das ein kleines Mädchen an der Hand führte, ihn um irgendeine Auskunft fragte, ließ er erst seine Äuglein über Brust und Hüften der Frau gleiten und zuckte dann mit den Achseln. Als die Frau mit aufgeregten Gesten die Frage wiederholte, suchte er beschwichtigend ihren runden Arm zu tätscheln, worauf sie zornig weiterlief. Der Mann sah ihren Bewegungen nach, und als ein Kollege vorbeikam, rief er ihn an, deutete mit der Pfeifenspitze nach der forteilenden Frau, kniff ein Auge ein und sagte ein paar Worte, worüber beide verständnisvoll lachten.

Voll Ärger und Ekel an dieser Szene lehnte sich Peter Iwanowitsch in seinen Sitz zurück. Als der Zug endlich weiterfuhr, empfand er es als eine Erlösung. Mit einemmal haßte er diese fremde Stadt.

*

An einer Station im österreichischen Alpenland mußte der Zug gewechselt werden. Peter Iwanowitsch saß zuerst im Bahnrestaurant und sah in das heiter bewegte Treiben, das da vor ihm hin und herwogte. Die sonnigen Ostertage hatten große Mengen von Bergfahrern in die Freiheit gerufen. Froh und laut war das Gehaben dieser Menschen, die in einem farbigen Gemisch von Sportanzug und Volkstracht helläugig und luftgebeizt nicht anders aussahen, als hätte sie nie in ihrem Leben eine schwere Stunde gequält.

Den einsamen Fremden zog es immer mächtiger in diesen Strom befreit aufatmender Lebenskraft. Er schlenderte in der Umgebung des Bahnhofes umher, kam immer weiter in den freundlichen Ort, wo ihm fremde Menschen zunickten und ihn grüßten. Verwundert und scheu ging er durch diese Welt, die ihm überdies noch dadurch halb unwirklich vorkam, weil er hier keines Menschen Sprache verstand.

Und dennoch: Das alles rief nach ihm mit einer seltsam vertrauten, lange entwöhnten Stimme.

Er schlug einen Seitenweg ein und fand sich plötzlich am Rande des Ortes, wo nur noch einige braune Holzhäuser mit hellroten Blumen in den weißgerahmten Fenstern an einem glasgrünen Bach standen, der von den Bergen her auf eine Brettersäge zusprang, voll Kraft und Jugend wie alles hier. Matten und Wiesen standen im ersten hellen Grün des Frühlings, die dunklen Nadelwälder am Fuße der Berge schienen noch dem Winter nachzuträumen, der sich erst langsam von ihnen zurückzog und über Wände und Schründen hinaufstieg in die ewige Heimat seiner blitzenden Zacken und Gletscher.

Und über all der Wundergröße strahlte tiefblauer Himmel.

Peter Iwanowitsch Karugin, der aussehen konnte wie ein gefangener Bergvogel, saß auf einem Baumstamm, wie sie da in mächtigen Stößen vor der Brettersäge lagen. Er hatte die Hände gefaltet und sah in das Glitzern und Leuchten der weißen Berge hinauf.

*

Es ging bergan.

Der Zug stampfte und die Maschine keuchte, zuweilen warfen nahe Felswände das Hämmern und Rollen mit harten Schlägen zurück und trieben den Lärm zehnfach in die Höhe. Bäche stürzten mit weißem Gischt zu Tal, die Flüsse rollten braun und schwer und erprobten – da und dort übers Ufer schlagend – ihre überschüssige Kraft. Ein Gären und Brauen war überall, und Peter Iwanowitsch fühlte die hinreißende Macht dieser gesegneten Erde. Seine Seele war in ungeheurer Bewegung. Eine wilde Sucht nach Leben und Wollen rang mit den finsteren Todesmächten, die ihn bisher besessen hatten. In unregelmäßigen Stößen jagte sein Blut, er spürte ein Würgen und Drängen und rang nach Lust. In gewaltigen Strömen floß neues Werden in seine Brust.

War es dieses Land mit seiner unendlichen Fülle von Kraft und Schönheit, waren es die befreiten Menschen, die heiter und stark sich ihr Ziel verdienten, war es die Sonne, die Auferstehung –?

Fern und vergangen waren die düsteren Tage, hier winkte neues Licht. Ging seine Sehnsucht nicht stets nach den Bergen? Hatte er nicht im Frühling hinaus in die Höhe wollen – –? Hatte nicht auch sie – –?

Nun war es ihm plötzlich klar, daß er nie an sich allein gedacht, daß dieses Drängen und Hoffen in seiner Brust nicht ihm allein gegolten hatte. Längst schon hatte er ihr verziehen – –, ja, was hatte er zu verzeihen? Hatte Lisaweta nicht mit ihm gelitten, nicht unter den Ketten gestöhnt, wie er? Was war da zu verzeihen? Bedauern mußte man die verirrte Enterbte, der die Heimat grausam aus dem Herzen gerissen ward, beklagen und beschenken mit jener großen Liebe, die ohne Eigensucht nur Verstehen und Wohltun ist.

Nicht umsonst war sein Weg durch die grausame Nacht der Verzweiflung gegangen. Es war Sinn und Wert in allem. Nun fühlte er sich reif und stärker denn je, denn er wußte:

Keinem ist die Höhe vergönnt, der sich nicht aus der Tiefe rang. –

*

Von Zürich sandte er eine Depesche an Iwan Michailowitsch:
»Lisaweta soll nachkommen.«

Welche Torheit, daß sie nicht gleich mitgefahren war! Daran hatte
weder er noch sie gedacht, und doch wäre es das Einfachste gewesen. Er lächelte. Woran hatte er überhaupt gedacht? War das Denken jemals seine Sache gewesen?

Vielleicht war es besser so. Wie wenig konnte man schließlich er-
denken, wie viel erleben! Vielleicht war es besser – –.

So versöhnt und ruhig gingen seine Gedanken, während er weiter
fuhr. Er fühlte sich wie ein Genesender, wie ein Geretteter. Hin und
wieder wunderte er sich selbst über die Stille in seiner Brust. Zum
Teil nahm er sie als die ermüdende Rückwirkung der überstande-
nen Stürme, zum Teil aber glaubte er eine Erklärung dafür zu finden, indem er feststellte, daß er eigentlich nichts und niemand verlassen habe, der seinem Herzen unentbehrlich wäre.

Lisaweta – die Einzige – würde ja bald nachkommen; sonst aber
vermißte er nichts. Die Stadt an der Newa war ihm immer fremder
geworden, seine Gemeinde in der Altstadt hatte er ohnehin längst
verloren, und mit Ausnahme des angenehmen aber nicht unersetz-
lichen Iwan Michailowitsch waren ihm die »Brüder« teils lächerlich,
teils verächtlich. Er brauchte nur an den Maler Warinski zu denken – – –.

So stand es immer klarer vor ihm, daß es einzig Lisaweta war, um
die er alles gelitten, daß nur aus der Gemeinsamkeit mit der lang
Ersehnten, endlich Gefundenen ihnen beiden die Erlösung werden,
alle Erfüllung sprießen konnte, die das Leben jenen vorbehält, die es
am härtesten prüft.

*

Als in Bern einige Herren und Damen einstiegen und ein auf dem
Bahnsteig begonnenes Gespräch unbekümmert und lebhaft in dem
dichtbesetzten Abteil fortführten, wandten sich ihnen alle Köpfe zu.

Peter Iwanowitsch, der das Französische noch nie lebendig gehört hatte, gab sich Mühe, Tonfall und Temperament dieser Sprache aufzunehmen und mit dem einst aus Büchern Erlernten zu vereinen.

Das Verstehen kam schnell, und er freute sich daran.

Er konnte entnehmen, daß man irgend ein Ereignis besprach, das die einen verteidigten, die andern verdammten.

»Sie haben recht!« rief ein Herr mittleren Alters, der seinen goldenen Kneifer von der Nase nahm und damit, seine Worte unterbrechend, taktierte, »was sollten sie sonst wohl tun? Es bleibt einfach kein anderer Weg.«

Ein würdiger Greis mit kohlschwarzen Augen unter buschigen, weißen Brauen sagte, ohne sein Gegenüber anzusehen, langsam und fest:

»Gewalt setzt ihren Täter ins Unrecht –, und wenn er vorher zehnmal Recht hatte. Dient er aber einer großen, reinen Sache, wie es hier der Fall ist, so beschmutzt er sie durch seine Tat. Und das ist schädlich. Geistestaten werden nicht durch Morde gefördert.«

Peter Iwanowitsch fühlte sein Blut nach dem Herzen krampfen; er horchte gespannt hinüber. – Der alte Herr mit den stechenden Augen und der klaren Stirn schwieg und sah zum Fenster hinaus. Eine Dame sagte:

»Sie haben recht, mein Herr.«

Einige stimmten zu, es gab auch Widerspruch, die Stimmen schwirrten unverständlich durcheinander; der nervöse Mann fuchtelte mit dem goldenen Kneifer herum und gewann schließlich Oberwasser.

»Sie vergessen, teurer Meister,« wandte er sich an den Alten, »daß die Verhältnisse in Frankreich andere sind als in Rußland. Dort steigt und fällt man eben jäher und schneller. Das ist alles noch jung und gärend. Eine Bombe in Petersburg ist kaum soviel, wie eine Ohrfeige in Paris!«

Alles lachte. Der Herr setzte seinen Kneifer auf.

»Es sind eben Asiaten –«, rief ein junger Mann.

»Ach, wie interessant!«, sagte eine magere, hektisch aussehende Dame von unbestimmtem Alter.

Der alte Meister mit der ruhigen, sicheren Art zu reden, wartete eine Weile und sprach dann wieder, ohne jemand anzusehen:

»Und selbst wenn es den Minister getroffen hätte –, was wäre mit seinem Tod für das Land erreicht?«

Es hatte – – also – nicht getroffen – –.

»Tot oder nicht!« rief der Herr, indem er den Kneifer im Zickzack von der Nase riß, »einen Denkzettel haben sie; sie werden nun einen andern hinstellen!«

»Glauben Sie –?« sagte mit leisem Spott der Alte, »vielleicht einen Schlimmeren.«

»Einen Besseren!«

»Glauben Sie – –?«

Peter Iwanowitsch rührte sich nicht. Vielleicht wäre es ihm auch nur schwer möglich gewesen. Wie in weiter Ferne hörte er noch die Stimmen in der fremden Sprache, die er mit qualvoller Mühe auffing.

»Vom Attentäter meldet die Zeitung nichts?«

»Eine Verschwörung – –.«

»Und wer es tat – –.«

»Wird gehängt.«

»Abscheulich!«

»Schade, wenn es ein Guter war –.«

»Wer dafür fällt – das ist ganz einerlei«, sagte mit Nachdruck der Herr mit dem Kneifer. –

Eine kleine Pause entstand.

»Hat man ihn – –?« fragte jemand.

»Er ist tot –« sagte der Alte.

»Von der eigenen Bombe?«

»Ja. So heißt es wenigstens.«

»Wie gräßlich!« sagte die hektische Dame.

*

Wer dafür fällt – – das ist ganz einerlei.

Er ist tot. – – –

Wer mochte das sein? – – –

*

Als der Zug in Lausanne einfuhr, zitterte Peter Iwanowitsch am ganzen Körper. Niemand hatte sich um ihn gekümmert; auch jetzt, da die Gesellschaft ausstieg, sah keiner nach ihm. Er war sicher. Keiner von denen hätte ihm selbst ein Geständnis geglaubt.

Und dennoch hielt er sich nur mit Mühe auf den Beinen; bei jedem Schritt schnappten die Knie ein.

An einem Zeitungsstand kaufte er ein französisches Blatt. Auf der ersten Seite stand der telegraphische Bericht über das Attentat in Petersburg. Der Minister war heil – –, nur der Wagen leicht beschädigt – –, mehrere Tote –, viele Verletzte. Unter den Toten auch ein Polizeisoldat – –. Armer blonder Bauernjunge, dachte Peter.

Die Bombe war zu kurz geflogen – –, eine Gruppe von Zusehern buchstäblich in Stücke zerrissen – –, eine Frau –, mehrere Männer –, wie es scheint, unter ihnen auch der Attentäter –.

Eine Reihe von Depeschen brachte Einzelheiten – Vermutungen.

Zweifel tauchten auf, ob der Täter wirklich unter den Toten sei.

Schließlich wußte eine Nachricht Klarheit: Ein Offizier der begleitenden Kosaken hatte gesehen, wie sich eine Frau nach vorn drängte, einen Zuseher zur Seite stieß und den Arm hob. Im selben Augenblick fiel die Bombe, die sie selbst zerriß.

So war es. Diese Frau war die Täterin – –.

Peter faßte nach einer Stütze. Die Bahnhalle, – der Zeitungsstand, – – die Menschen, – – alles drehte sich in violettem Licht –. Er zwang sich weiterzulesen, wankte und wurde aufgefangen, indem er zugleich seinen Namen nennen hörte. –

*

Als er erwachte, befand er sich in einem hellen Krankenzimmer. Dr. Leon Martynow und einige Fremde waren um ihn bemüht. Kurze, halblaute Fragen nach seinem Befinden und Bedürfnissen waren alles, was gesprochen wurde. Eine Pflegeschwester brachte das Essen. –

So lag er mehrere Tage – und es wurden Wochen daraus.

Dr. Martynow kam fast jede Stunde, sah Peter mit ernstfreundlichen, seltsam vergehenden Augen an und sprach wenig.

Die Welt war ausgeschaltet.

Nur die stillen, um sein Wohl besorgten Menschen gingen schonend in dem glatten, weißen Zimmer ab und zu. –

*

Einmal, nachdem er ihn lange wortlos, gleichsam prüfend angesehen hatte, zog Dr. Martynow ein Blatt Papier aus der Tasche seines weißen Mantels.

»Ein Telegramm von Iwan Michailowitsch. Er antwortet dir. Du hast nach Lisaweta Isaéwna verlangt –,« sagte er ruhig, indem er Peters Hand nahm, »sie ist für die Sache gefallen –.«

Peter sah vor sich hin.

»Ich weiß es«, sagte er still, und das bittere Wort, das jener Franzose gesprochen hatte, kam ihm in den Sinn:

»Wer dafür fällt – das ist ganz einerlei.«

Und ein anderes:

»In uns allen war einmal nichts als Liebe –.«

Das hatte Lisaweta gesagt . . . .

*

Als es schon stark gegen den Sommer ging, kam über den Leidenden im Sanatorium des Doktor Martynow eine zehrende Unruhe. Wenngleich der sorgende Blick des Arztes immer auf ihm ruhte, so genoß er doch volle Freiheit, und Doktor Martynow war ehrlich und schonend bemüht, ihn dem Leben zurückzugeben.

Der kleine Garten des Hauses bot eine weite Sicht über den See nach den Bergen an seinen Ufern. Dorthin gingen die Blicke und Gedanken des stillen Mannes, bis er eines Tages aus dem Hause verschwunden war. Da er all sein Geld und einige für die Reise notwendigen Kleidungsstücke mitgenommen hatte, vermutete ihn Dr. Martynow auf der Fahrt in die Heimat und richtete an Iwan Michailowitsch eine entsprechende Nachricht.

Den Flüchtling – wenn er überhaupt so zu nennen sei – aufzuhalten oder zurückzubringen, liege kein Grund vor.

»Dieser Arme,« schrieb Dr. Martynow, »mag es wohl selbst am besten fühlen, welchen Weg er gehen muß. Eines aber will ich dir bekennen: Ich habe mich tief geschämt, als ich sah, was er für uns litt. Weiß Gott, ob wir diesen Mann opfern durften! Er war nicht von unserer Art, er war uns zu innerst fremd, und ich stehe nicht an es zu sagen: Er war mehr als wir. – Hatten wir also ein Recht auf ihn?«

*

Als Iwan Michailowitsch diese Worte las, zuckte er mit den Achseln und sagte:

»Ja, es ist schwer, allen recht zu tun –.«

Der Maler Warinski, dem er den Brief hinhielt, lächelte verächtlich; »Martynow wird sentimental –«, sagte er und blätterte eifrig in den Zeitungen weiter, die spaltenlange, begeisterte Artikel über seinen »Vorfrühling« brachten, der gegenwärtig noch in der Ausstellung hing, aber schon für hunderttausend Rubel an einen reichen Amerikaner verkauft war. Alles sprach nur noch von diesem Bild und seinem Schöpfer.

*

Der Dampfer glitt lautlos über den See gegen die Berge hin, auf deren vereisten Spitzen die letzten Sonnenstrahlen funkelten. Das schweigende Schloß von Chillon träumte im feinen Schleier, der über dem Wasser lag; von Montreux und Teritet herüber schimmerten die Terrassen und Fenster der Hotelpaläste; leise Musik kam von dort, wo das Leben in üppigster Verfeinerung fern von Leidenschaft und Schmerz und Glück nur das Genießen kennt.

Peter Iwanowitsch hörte nicht das Sirenenlied und sah nicht die Irrlichter. Er stand zurückgelehnt an der Bordwand und schaute ins Leuchten der Berge hinauf.

Eines lebte in ihm: – – Und ist es dir nicht bestimmt, einig und glücklich zu wandeln Hand in Hand, so darfst du nicht klagend verweilen. Du mußt deine Straße allein zu Ende gehen – wie sie auch sei, wohin sie auch führen mag. –

*

Im ersten Morgenlicht verließ er den kleinen Gasthof in dem uralten Städtchen zwischen Berg und See und stieg bergan. Durch Weingärten führte sein Weg, an einsamen Höfen vorbei, über Hügel hinaus immer weiter zur Höhe. Bald war der Wald um ihn, tief und dunkel, mit hohen, ernsten Fichten, die einander in die Äste griffen, so daß nur selten ein Sonnenstrahl den braunen, dicken Nadelteppich erreichte. Flechten und Bärte hingen an den dürren Ästen, der Wald schwieg und träumte, alles darin war Schatten und Stille; mit verwundert blickenden Augen huschte ein Reh über den feuchten, weichen Grund durch die dämmernde Ruhe.

Der einsame Wanderer blieb zuweilen stehen und horchte in das Schweigen. Auch in ihm war die große Stille. Nicht der Friede, nicht die heitere Rast; es war die schwere, fragende Ruhe des Totenfeldes nach einem harten Kampf, der keine Entscheidung gebracht und den Krieg nicht beendet hat. –

Aus solchem Schweigen wachsen riesengroß die drohenden Geister kommender Tage. Sie drückten den Ausgestoßenen nieder, er preßte die Hände vor die Augen.

»Herr, du bist wunderbar, so viel Schmerz senden zu können –!«

In dieser Stunde aber war er nicht das Kind, wie einst in fernen Tagen, das vertrauend zu seinem Vater spricht. Voll Anklage trotzte er nun gegen seinen Gott:

»Feindseliger! Mächtiger! Ich bitte dich um nichts!«

Zuweilen aber zuckte es wie Wetterleuchten in ihm, fremd und zerstörend: Der Haß. Und es schwoll und wuchs zu verderbender, feindlicher Wucht und riß ihn in alle Tiefen. Den Rohen, Herzenterbten, Liebeleeren, Lust- und Leidverstoßenen galt die fressende, düstere Glut in ihm, den Feigen und Schwachen. Und er litt qualvoll darum, denn er hatte sie geliebt. Er hatte ihnen das Brot von seinen Lippen gereicht und Steine dafür empfangen, mit stolzen, kühlen Sinnen, ängstlich, es könnte zu viel sein – –.

Er wußte nicht, daß es Scham um vergeudete Liebe war, die ihn alle hassen ließ, um der einen willen – –.

Der Wald schwieg wie ein Geheimnis, wie eine wissende Gottheit, die uns nicht kennt, wenn wir irren, und unnahbar auf die Stunde wartet, in der wir zu ihr finden. Ein Raunen war in den hohen Wipfeln. Einer von den Dämonen der Unermeßlichkeit war nahe. Er legte die Hand schwer auf den Scheitel des Einsamen, er griff nach seinem Herzen und preßte es zusammen, er nahm alles Licht aus seiner Seele und schürte stumm und höhnisch den zehrenden Brand darin. –

Tief im Gehölz schrie ein Vogel –, wild und verlangend. So ruft das Leben nach Liebe! Fliehend hastete der Vertriebene durch den Wald, den gellenden Schrei der Lust wie einen Dolchstich im Herzen. –

*

Hoch in den Matten, wo die Felsen beginnen, liegt ein Dorf mit grauseidenglänzenden Holzdächern, wie ein Häuflein in die Sonne geduckter Hühner.

Peter Iwanowitsch saß am Wegrand und schaute auf das Dorf hinüber. Noch lag die Sonne auf den Höhen. Dickköpfige, kurzflügelige Schmetterlinge schossen im Zickzack über Stein und Busch, einer hinter dem andern, und wenn sich einer auf eine Blume setzte, umgaukelte ihn der zweite. Wunderliche Käfer begegneten einander im Sand, streckten die Fühler aus, begrüßten sich, flogen auf eine breite, weiße Dolde und feierten dort Hochzeit. Zwei Ameisen beriechen sich, erkennen den Feind, und es folgt ein Kampf auf

Leben und Tod. Wenige Menschen arbeiteten auf den Feldern im Heu, ein dicker, hochbeladener Wagen wankte dorfwärts, über die gemähten Wiesen galoppierte ein braunes Füllen in anmutigen Rhythmen. Eine Peitsche knallt, ein Bursch nimmt eine Dirne um die Hüften, daß sie lachend aufkreischt. –

Liebe – – – – Liebe –?

*

Als Peter Iwanowitsch gegen Abend in das kleine Alpendorf kam, fand er es in merkwürdiger Aufregung. Eine dichte Gruppe von Menschen stand um irgend etwas gedrängt auf dem Dorfplatz. Ein rothaariges Weib kauerte weinend auf einer Haustreppe, umgeben von eifrigen Nachbarinnen, die es anscheinend zu trösten suchten.

Verwünschungen wurden laut, Zurechtweisungen standen dagegen auf.

Es sei nicht ihre Schuld –!

Doch! Wessen sonst?

Dafür könne niemand; wer so etwas tue, sei ein Narr!

»Das eben ist es! Ihretwegen wurde er verrückt.«

»Sie ist ein braves Weib! Kann sie für ihre Schönheit?«

»Was ist geschehen?« fragten einige, die neu hinzukamen.

»Germain ist tot.«

»Der Schreiner?«

»Ja. Er sprang von der Tour d'Ai ins Gestein.«

»Ah – –!«

»Noch lebt er!« rief es aus der dichten Gruppe der Männer.

Das rothaarige Weib sprang auf; Peter Iwanowitsch suchte durch die Menge zu kommen.

»Ich bin Arzt,« sagte er, »vielleicht ist noch zu helfen.«

Da machten sie Platz. Die Frau blieb ihm dicht auf den Fersen, um so heranzukommen. Als sie unter die Männer trat, wurde sie mit Schimpfwörtern und Flüchen empfangen.

»Pfui! Schäme dich! Einen rechtschaffenen Kerl in den Tod treiben!«

Einige hoben die Fäuste und gingen auf sie los. Peter Iwanowitsch wandte sich und trat schützend vor die rote Frau.

»Laßt sie –«, sagte er ruhig, indem er den Erregten fest entgegensah. Sie blieben stehen.

»Wer ist das?« fragten einige.

»Ein Fremder – –, ein Arzt –.«

Alles blickte gespannt auf ihn.

»Herr, retten Sie ihn! –«, flehte weinend das rothaarige Weib.

In der Mitte der Gruppe lag Germain, der Schreiner, auf Reisig gebettet.

»Warum habt ihr ihn nicht nach Hause gebracht?« fragte Peter.

»Er wohnt zwei Stunden talwärts. Wir haben um eine Bahre geschickt.«

Das Gewand des Schreiners war blutig und zerfetzt. Es schien kaum noch Leben in dem Körper, an dessen Gliedern mehrere Brüche sichtbar waren. Über dem rechten Auge war die Stirn eingeschlagen. Blut verklebte die Haare und sickerte aus Mund und Nase. Peter verlangte nach Wasser und Leinwand, stützte den Kopf des Sterbenden und reinigte die schwere Wunde. Einmal noch öffnete Germain das unverletzte Auge, machte vergebliche Anstrengungen zu sprechen, und indem ein schwaches, seltsames Lächeln das schmerzverzerrte Gesicht verklärte, verschied er an der Brust des Fremden, der ihm allein von allen in dieser Stunde wie ein Bruder nahe stand.

Das rothaarige Weib fiel schluchzend über den zerschmetterten Körper, die Männer nahmen schweigend die Hüte ab.

*

Still wie er gekommen, ging Peter Iwanowitsch aus dem Dorf der sinkenden Sonne entgegen. Das Sterben des zu Tode Gehetzten war ihm wie ein qualvoll klares Bild jener zerstörenden Macht erschienen, die er im Vogelschrei, im Spiel der Schmetterlinge und Käfer, im Kampf der Ameisen und im Kreischen der Bauerndirne heimlich und vielgestaltig am Werke sah, jener Lüge vom Glück der trüben Leidenschaften, die jeden zerschmettert, wenn er sie ganz erkennt.

Du mußt mehr sein – oder untergehen. –

Als er einen alten Mann fragte, wo der Weg nach der Tour d'Ai gehe, sah ihn der mit scheuen Blicken an und antwortete nicht.

Da er sich nicht verstanden glaubte, wiederholte Peter die Frage.

Der Greis murmelte etwas, machte mit der Hand ein Kreuz gegen die Berge hin und ging schnell weiter, als habe er einen bösen Geist gesehen.

Peter lächelte und stieg bergan. Die Bäume hörten auf, niederes Krummholz wucherte über den steinigen, kargen Boden, eine Herde glatter Kühe zog talwärts.

Die Sonne war unten; tief im Tale lag der Abendschleier. Alles verschwand und verlosch, nur die Glocken der Herde klangen noch hie und da aus der Ferne herauf. Bald schwiegen auch sie. –

Oben in Stein und Moos begegnete dem fremden Mann ein Mädchen, halb ein Kind noch, das eine blecherne Milchkanne von sonderbar flacher Form an zwei Riemen auf den Schultern trug. Ein leeres, offenes Körbchen hing ihr an einem Arm.

Freundlich grüßte sie Peter und gab ihm auf seine Frage die Richtung an. Anmutig und lebhaft erzählte sie von der Heuernte, von den Milchkühen und den Beeren und Schwämmen, die sie fand.

»Wohin gehst du?« fragte Peter.

»Nach Veyges.«

»Das ist das Dorf da unten?«

»Ja.«

»Weißt du nicht, was heute dort geschehen ist?«

»Was sollte es sein?«

70

»Germain, der Schreiner ist tot.«

»Ich kenne ihn nicht.«

»Nicht? – Er wohnte doch im Tal.«

»Ich war noch nie im Tal«, sagte das Mädchen.

Peter schwieg. Süß und weh mahnte etwas in seiner Brust.

»Ich war noch nie im Tal – –.«

Wie das klang . . . . . .

Das Mädchen sah ihn fragend an. Da hielt er ihr die Blumen hin, die er unterwegs in Gedanken gepflückt hatte. –

»Da – – nimm – – –.«

Sie wurde ein wenig rot und nahm das Sträußchen mit zögernder Hand.

»Danke – – Herr –.«

Er wandte sich rasch und ging weiter.

An der Wegbiegung sah er noch einmal zurück. Das Mädchen stand noch an derselben Stelle, hatte die Blumen vor die Brust gesteckt und schaute ihm nach. Jetzt hob sie die Hand und winkte; hell klang ihre Kinderstimme:

»Dort geht der Weg zur Höhe. Sie können ihn gar nicht verfehlen –!«

Es zuckte in seinem Herzen.

»Geh nicht ins Tal!« hätte er rufen mögen –, aber er wußte, sie würde ihm nicht folgen. –

*

Durch die helle Sommernacht stieg er aufwärts in das weiße Schweigen von Stein und Schnee, wo es keine Liebe mehr gibt. Die kühle Klarheit dieser reinen Welt teilte sich seiner Seele mit, wie der Geist eines treuen, lange verlorenen Freundes, der nun plötzlich wieder an unserer Seite ist und ernstvertraute Worte wiederfindet. Peter ging langsam und voll Andacht. Zuweilen blieb er stehen und holte tief Atem; es war, als betete sein ganzes Wesen.

Hoch in den Schrunden lag ein kleiner See, in dessen schwarzem Spiegel die Sterne flimmerten. Peter legte sich auf das Ufergeröll und schlürfte tief gebeugt in langen, durstigen Zügen das kalte Schneewasser. Dann kletterte er den hohen Felsenturm hinan, angestrengt und mühevoll; er mußte oft die Hände zu Hilfe nehmen und prüfte vorsichtig Griff und Tritt, wie er es vor Jahren in den Bergen seiner Heimat gelernt hatte. In dieser geschlossenen Arbeit von Nerv und Muskel, in dem vollen Anspannen von Fähigkeit und Wollen lag eine erlösende Kraft, die ihn für den Augenblick alles vergessen ließ und etwas von dem frohen Wagemut des bergvertrauten Knaben wieder in ihm erwachen machte. Er kämpfte zäh und voll angreifender Lust jede Sekunde um sein Leben, empfand den Stein als dämonischen Feind, als den Gott, mit dem er rang, bis daß er ihn segnen würde. Die Freude am Überwinden trieb sein Blut in raschen, heißen Wellen durch den Körper, mit der eigentümlichen Lust an der gewonnenen Höhe horchte er auf das Poltern und Schlagen der Steine, die unter seinen Tritten ins Rollen kamen und tief unten zerspellten.

Mit fliegenden Pulsen, bebend von neugefundener Kraft, erreichte er die kleine Platte auf der Höhe des Steines. Und da lag die Welt wie ein unerhörtes Wunder um ihn gebreitet, daß alles in ihm nur Schauen und Staunen war. Nah und fern in endlosen Ketten leuchteten die Zacken und Gletscher durch die klare Nacht. Das wunderbare, blaue Licht schien ruhig und rein aus ihnen selbst zu strömen.

Gott war nahe. Sein Wunderatem ging durch diese Stunde, sein Blick ruhte still auf den Höhen.

Peter sank in die Knie, sein Herz tat sich weit auf, er fiel auf sein Angesicht und weinte.

Schneidend und kalt wehte die Morgenluft über die Höhen. Weit hinter den letzten Kämmen wurde der Himmel rot.

Die Sonne kam. Alles klang wie eine Harfe, überall erwachten Farben. Weit, weitumher war ein Strahlen und Flimmern, ein jubelndes Leuchten auf den weißen, zackigen Bergen. Ein endloses Wolkenmeer lag wie eine weiche Decke über die Tiefen gebreitet und verhüllte alles Begehren, Irren und Verderben. –

Der Geläuterte aber, der hoch in Glanz und Strahlen stand, wußte in dieser Stunde, daß es für ihn einen Weg hinab nicht mehr gab, und das Sterben war ihm nicht Abschied, sondern Heimkehr ins Licht. –

Über tredition

Eigenes Buch veröffentlichen

tredition wurde 2006 in Hamburg gegründet und hat seither mehrere tausend Buchtitel veröffentlicht. Autoren veröffentlichen in wenigen leichten Schritten gedruckte Bücher, e-Books und audio-Books. tredition hat das Ziel, die beste und fairste Veröffentlichungsmöglichkeit für Autoren zu bieten.

tredition wurde mit der Erkenntnis gegründet, dass nur etwa jedes 200. bei Verlagen eingereichte Manuskript veröffentlicht wird. Dabei hat jedes Buch seinen Markt, also seine Leser. tredition sorgt dafür, dass für jedes Buch die Leserschaft auch erreicht wird.

Im einzigartigen Literatur-Netzwerk von tredition bieten zahlreiche Literatur-Partner (das sind Lektoren, Übersetzer, Hörbuchsprecher und Illustratoren) ihre Dienstleistung an, um Manuskripte zu verbessern oder die Vielfalt zu erhöhen. Autoren vereinbaren direkt mit den Literatur-Partnern die Konditionen ihrer Zusammenarbeit und partizipieren gemeinsam am Erfolg des Buches.

Das gesamte Verlagsprogramm von tredition ist bei allen stationären Buchhandlungen und Online-Buchhändlern wie z. B. Amazon erhältlich. e-Books stehen bei den führenden Online-Portalen (z. B. iBookstore von Apple oder Kindle von Amazon) zum Verkauf.

Einfach leicht ein Buch veröffentlichen: **www.tredition.de**

Eigene Buchreihe oder eigenen Verlag gründen

Seit 2009 bietet tredition sein Verlagskonzept auch als sogenanntes "White-Label" an. Das bedeutet, dass andere Unternehmen, Institutionen und Personen risikofrei und unkompliziert selbst zum Herausgeber von Büchern und Buchreihen unter eigener Marke werden können. tredition übernimmt dabei das komplette Herstellungs- und Distributionsrisiko.

Zahlreiche Zeitschriften-, Zeitungs- und Buchverlage, Universitäten, Forschungseinrichtungen u.v.m. nutzen diese Dienstleistung von tredition, um unter eigener Marke ohne Risiko Bücher zu verlegen.

Alle Informationen im Internet: **www.tredition.de/fuer-verlage**

tredition wurde mit mehreren Innovationspreisen ausgezeichnet, u. a. mit dem Webfuture Award und dem Innovationspreis der Buch Digitale.

tredition ist Mitglied im Börsenverein des Deutschen Buchhandels.

Dieses Werk elektronisch lesen

Dieses Werk ist Teil der Gutenberg-DE Edition DVD. Diese enthält das komplette Archiv des Projekt Gutenberg-DE. Die DVD ist im Internet erhältlich auf **http://gutenbergshop.abc.de**

Zeitfracht Medien GmbH
Ferdinand-Jühlke-Straße 7
99095 Erfurt, Deutschland
produktsicherheit@kolibri360.de